英國尼斯湖位置及發現水怪的記錄

英國

歐洲

亞洲

香港

非洲

印度洋

大洋洲

英國蘇格蘭高地

北緯：57°
西經：4°

印威內斯

尼斯湖

奧古斯都堡

太平洋

北美洲

大西洋

南美洲

565年 出現最早關於尼斯湖怪獸的記錄。

1934年 倫敦醫生威爾遜拍下了歷史上第一張尼斯湖怪獸的照片。

1972年 美國一隊考察隊用聲納儀發現有巨大物體在湖中移動。

世界之謎 科幻小説系列 ③

拯救尼斯湖怪

山邊出版社有限公司

引子

你知道尼斯湖和這個湖裏的怪物嗎？

尼斯湖位於英國蘇格蘭北部的大峽谷，是個深而細長，終年不凍的淡水湖。早在1,500年前，尼斯湖畔就流傳着巨大怪物吞食人畜的傳說：有人說牠長着大象的長鼻，渾身柔軟光滑；有人說牠是長頸圓頭；有人說牠出現時泡沫層層，四處飛濺；有人說牠口吐煙霧，使湖面有時霧氣騰騰……形形色色的傳說為尼斯湖蒙上了神秘的面紗。

1934年，倫敦醫生威爾遜在尼斯湖拍攝到了歷史上第一張怪物的照片。關於這張照片，至今仍然有許多爭論，有人認為這確實是一張怪物的照片，它是尼斯湖怪存在的有力證明；也有人指出照片中的水波形狀不對，而且怪物的腦袋很像是海獺的尾巴，因此照片的真實性使人懷疑。不管這張照片是真是假，人們對尼斯湖怪的興趣，卻因此變得越來越濃厚了。

為了解開尼斯湖怪之謎，許許多多的科學研究人員及湖怪愛好者奔赴尼斯湖。他們使用各種最先進的儀器對尼斯湖進行探測，聲稱親眼看見了尼斯湖怪的人也越來越多。根據那些聲稱見過牠的人們描述，尼斯湖怪有着蛇一樣的頭和長脖子，一般伸出水面一米多高，人們較多看到的是怪獸的巨大背部，有時牠突然露出水面，水從牠的肋腹部上像瀑布似

的瀉下來，一下子牠又迅速潛到湖下，在湖面掀起一陣惡浪。

科學家們認為，如果尼斯湖怪確實存在，並且真像目擊者們所描述的那樣，那牠很可能是恐龍時代殘存至今的蛇頸龍。在英國和歐美許多國家，大量專門介紹尼斯湖怪獸的書籍出版，世界各地的報刊、電台也大加渲染，把怪獸描繪得神出鬼沒，奇妙莫測，活靈活現，聳人聽聞。

然而，也有不少學者對「尼斯湖怪獸之謎」一直持懷疑甚至完全否定的態度。他們認為，尼斯湖根本就沒有什麼怪獸，而是一種光的折射現象給人們造成的錯覺；有的則認為很可能是在尼斯湖底有一些具有浮力的漿沫石，這些漿沫石在一定條件下浮出水面隨波漂蕩；也有的認為所謂的「尼斯湖怪」不過是漂浮於湖面上的古赤松樹幹……關於「尼斯湖怪獸」的假設還有許多，但沒有一種假說，可以確實地證明尼斯湖沒有怪物。

爭論至今仍然在進行。人們爭論的焦點是：尼斯湖怪是否存在？如果存在，牠究竟是什麼？由於尼斯湖水深並且渾濁，給潛水員和水底照相機的拍攝帶來了極大的難度，因此，牠現在仍然是世界上一個著名的謎團。

那麼，尼斯湖真的有怪獸嗎？讓我們和「校園三劍客」一起，到尼斯湖去看個究竟吧！

目錄

第一章　怪獸在呼喚

「**嗷**嗚——」

一聲震人心魄的叫聲，把剛剛推門進來的楊歌和白雪嚇了一跳。

「小開，你房間裏養了怪獸嗎？」

「是啊，什麼東西的叫聲那麼瘆人？」楊歌和白雪問坐在電腦前的張小開。

「哈哈，沒什麼，只不過是尼斯湖怪的叫聲而已。」張小開回過頭，笑着説。

「什麼？你竟然錄到了尼斯湖怪的叫聲？」楊歌和白雪驚得眼珠子都要從眼眶裏瞪出來了。

「不是我錄到了尼斯湖怪的叫聲，而是我登陸了尼斯湖怪的網站，用多媒體播放器播放了網站錄的尼斯湖怪的叫聲。」

張小開説着又點擊了兩下電腦屏幕上的尼斯湖怪。電腦音箱裏再次播放出尼斯湖怪令人毛骨悚然的叫聲，

楊歌和白雪這才放下心來。

　　楊歌、白雪和張小開是陽光中學中一學生，他們可不是普通的孩子——楊歌是一位具有超能力的少年，白雪在生物學上頗有造詣，張小開則是個電腦天才，人稱「小比爾‧蓋茨」。他們三人從小一起長大，形影不離，曾出生入死地偵破過許多神秘的事件，人稱「校園三劍客」。

　　「你怎麼突然對尼斯湖怪感興趣了？」

　　楊歌奇怪地問。白雪才是生物專家，這樣的事情應當是白雪更感興趣才對。

　　「我不是突然對尼斯湖怪感興趣，我是一直對尼斯湖怪感興趣。剛才，我偶然搜索到尼斯湖怪的網站，登陸上去，發現這個網站做得可真不錯，收集了大量的尼斯湖怪的照片、影片、資料、新聞，還專門設有尼斯湖怪討論版，好玩極了。最有意思的是，我還讀到了一則新聞……」

　　「什麼新聞？」

　　「那則新聞的標題是**巫師與科學家大戰尼斯湖**……」

「什麼，巫師和科學家大戰尼斯湖？巫師跟科學家是井水不犯河水的兩個行當，他們怎會走在一起呢？」楊歌搖頭說道。白雪的神情也是不以為然。

「不信？不信你們自己看吧。」張小開說着點開尼斯湖怪網站的一則新聞。新聞的內容如下：

巫師與科學家將大戰尼斯湖

4月1日　11：09 尼斯湖怪網報道

　　由英、美、法、意、日、韓等十五個國家的軍人和科學家組成的「尼斯湖怪國際科學調查團」，將於近日前往英國尼斯湖對全球最著名的傳說——尼斯湖怪傳說進行科學考察。這次行動被命名為「徹底清查及搜捕尼斯湖怪獸行動」。領導這次行動的首席科學家簡·薩德伯格聲稱：這將是有史以來對尼斯湖進行的最大規模的考察行動，將調動世界上最先進的船隻、最大的網、最新型的多波聲納定位儀和最棒的聲控攝像機等設備對尼斯湖進行全面的、地毯式的調查。簡·薩德伯格希望他們在軍隊及新型儀器幫助下，能夠抓捕到傳說中的尼斯

湖水怪，而不要像他們的前輩那樣無功而返。

　　科學家們此舉其實並沒有什麼太吸引人之處，按常規來說，他們所能得到的也許只是少數媒體的關注，最多也就是在報紙上登出一些模糊不清的照片而已。但此次就不太一樣了，因為他們有了對手──英國白人巫師協會的大祭司凱文・卡龍。卡龍巫師聲稱自己將向這次行動的船隻以及尼斯湖下咒語，詛咒他們此行不會成功。卡龍表示，他這麼做的目的只是要保護「尼斯湖怪獸不會受到任何形式的傷害」。

　　其實，即使是探險隊此次搜捕行動失敗，沒能抓到尼斯湖水怪，也未必就一點功勞都沒有。近年，英國由於口蹄疫而喪失了大量的旅遊稅收，巫師卡龍此舉已經使他成為聞名北方的大巫師，並且已經吸引了數百名回應者前往該地支援他，這還不包括全世界打算赴尼斯湖爭奪最新消息的新聞記者們。無論如何，這些新聞媒體的關注對蘇格蘭總是有益處的。

　　在新聞的結尾處，還有許多網友插科打諢的評論：

相安本無事，為何苦執迷？平衡瀕破壞，還不深思行；惟恐時太遲，自欲陷己身。犯其如犯己，留得空手回。

不是捕水怪，是捕讀者，我要是也在外國當記者，我也去找水怪！

讓他們捕着玩去吧！別破壞了自然資源。

人類就是這樣，一定要把所有未知的生物都抓住。……

第二章　　向神秘出發

尼斯湖怪的叫聲令「校園三劍客」心馳神往，他們的心此時飛向了尼斯湖。白雪看完那則新聞後點頭說道：

「都二十一世紀了，還發生這樣的事情，真有意思。『尼斯湖怪之謎』也算是世界一大謎，最近尼斯湖又要發生這樣大的事情，『神秘客』為什麼還不派我們到尼斯湖去探險呢？」

「神秘客」是他們在網上認識的一位神秘人物。不久前，「神秘客」通過電子郵件與「三劍客」聯繫，請他們去破解世界的兩大謎：「百慕達之謎」和「金字塔之謎」，並許諾可以為「三劍客」無償提供全部的活動經費、辦理出國手續、提供最先進的科學儀器和設備，只要「校園三劍客」需要，甚至可以調動直升機、潛艇、航空母艦……正是因為「神秘客」所提供的便利，加上「校園三劍客」非凡的勇氣、豐富的想像力及超人

的智慧，使兩大謎團迎刃而解。由於「神秘客」對自己的身分及破解世界之謎的目的諱莫如深，「校園三劍客」至今都不知道「神秘客」是一個人還是一個組織，他在什麼地方，為什麼要不惜代價請他們去破解世界之謎？不過，「校園三劍客」都知道，「神秘客」的任務遠遠沒有結束，只要世界上還有困惑世人的謎團，他遲早還會來找他們。

「是啊，也許他老人家最近工作比較忙，忘了吧？」楊歌和張小開也點頭說。

就在這時，張小開的電腦發出「嘟嘟嘟」的三聲響——它在提示張小開有新的電子郵件來了。

「『神秘客』！」「校園三劍客」異口同聲地說道。

果然，他們的直覺是對的——當張小開打開他的Outlook，他們收到了來自網上的「神秘客」的電子郵件，內容如下：

寄件者：**神秘客**
收件者：**張小開；楊歌；白雪**
主　旨：**給校園三劍客的新任務**

校園三劍客：

　　你們好！

　　感謝你們成功地破解了「百慕達三角區」之謎和「埃及金字塔」之謎。現在我派給你們新的任務——請你們馬上到英國蘇格蘭的尼斯湖去探險，揭開尼斯湖怪物的神秘面紗。

　　明天9點鐘飛往尼斯湖的機票已經訂好，很快就有人給你們送到家中。

　　當然，你們肯定還會像以前一樣遇到各種難以想像的困難甚至生命危險，但只要保持自信、沉着、機智和勇敢，你們一定會再次成功的！我相信。

　　等候你們的好消息。

神秘客

就在「校園三劍客」聚精會神地閱讀郵件的時候，門鈴聲響了：

　　「叮噹。」

　　「肯定是我們的機票到了！」

　　張小開一邊說一邊跑去開門。果然，門外站着一位穿制服的快遞公司的人，他的手裏拿着一份郵件。

　　張小開打開一看：三張飛往尼斯湖的飛機票。

　　當天晚上，他們還聽到電台的一則新聞：

　　英國國際航空公司最近開通了包括中國在內的二十餘個國家直飛尼斯湖的旅遊專線。世界各國探索尼斯湖怪和到尼斯湖旅遊的熱情高漲，所有旅遊專線一個月內的機票都被預訂一空。

　　第二天早晨，三人就早早地趕到國際機場，乘上了飛向尼斯湖的飛機，再次踏上了「世界之謎」探險之旅。

第三章　尼斯湖奇聞

「唉，都已經到起飛時間了，飛機怎麼還不起飛？」

張小開看了一下手錶，奇怪地說。楊歌和白雪也往兩邊張望：除了他們旁邊的兩個空位子外，有二百個座位的大型客機裏都坐滿了人。機上所有的人都繫上安全帶，做好了飛機起飛前的準備。大家的眼中充滿了憧憬，渴望快快飛到神秘的尼斯湖——他們中有百分之九十以上的人都是出於對尼斯湖怪獸的好奇到尼斯湖觀光的。這趟飛機是中國開通尼斯湖航線後的首次飛行，自然座無虛席。楊歌和白雪觀察到，許多人和張小開一樣，對飛機到點了還不起飛十分不滿。

這時，飛機上的廣播響了，播音員甜潤的聲音在機艙裏回響：

「各位乘客，還有兩位英國乘客尚未登機，請稍候片刻……」

16

播音員的話音未落，機艙裏就像開了鍋的水似的沸騰起來，人們紛紛抱怨道：

「這兩個乘客是誰啊，不要等他吧！」

「缺德。耽誤大家的時間。」

「就是，飛機上的乘客一人被他們耽誤10分鐘，加起來就是2,000分鐘，他們賠得起嗎？」

……

但抱怨歸抱怨，人沒有來，等終歸還要等的。人們紛紛把目光移向窗外，望穿秋水般地盼望能夠看到那兩個耽誤時間的人，希望他們儘快登機，希望飛機快快起飛。

心急的張小開也把臉貼到了舷窗的玻璃上，用他高度近視眼鏡後面的小眼睛尋尋覓覓。他迫不及待地想儘快到達尼斯湖，解開尼斯湖怪之謎。看着他猴急的樣子，楊歌和白雪都忍不住相視而笑。白雪撞了撞張小開的胳膊，對他説：

「小開，在飛機起飛之前，把電腦打開，熟悉一下尼斯湖怪的資料好嗎？」

張小開回過頭，又看了看窗外，無奈地點點頭，説

了聲：

「好吧。」

然後，他打開放在膝間、從不離身的手提電腦，調出有關尼斯湖及怪物的資料。

資料的第一段話就激起了「校園三劍客」對尼斯湖的無限遐想：

尼斯湖位於英國北部蘇格蘭高地，是一個美麗的湖泊。尼斯湖南起奧古斯都堡，北至印威內斯市：長約36公里，最寬處僅2.7公里左右，而平均水深達132米，蓄水約7.4立方公里，四周羣山環抱，湖岸陡峭，樹木叢生。就在這座湖中，傳說生活着一種叫「尼斯」的怪獸……

接着，資料又列舉了一些關於尼斯湖的生動傳說：

關於水怪的最早記載可追溯到**公元565年**。當時，愛爾蘭傳教士聖哥倫伯和他的僕人在湖中游泳，突然，從水裏冒出一個龐大奇異、長着蛇一般頸項的水怪。水怪突然向聖哥倫伯的僕人發動襲擊，就在水怪要咬住僕

人腦袋的危險關頭，聖哥倫伯義正辭嚴地朝水怪喝道：「不許再向前行，也不要傷人，從速回去。」於是，那個水怪便立刻後退潛入水下，聖哥倫伯僕人的生命因此而得救。

1802年，有一個名叫亞歷山大‧麥克唐納的農民說，有一次他在尼斯湖邊工作，突然看見一隻巨大怪獸露出水面，用短而粗的鰭划着水，形狀很奇特，氣勢洶洶地向他猛游過來，距離他只有45米，嚇得他慌忙逃跑。

1880年初秋，有一艘遊艇在湖上行駛，突然，一隻巨大的怪獸從湖底衝出湖面，牠全身黑色，脖子細長，腦袋呈三角形，就像一條巨龍似的在湖中昂首掀浪前進，使湖面捲起一陣巨浪，把遊艇擊沉，艇上遊客全部落入水中淹死。消息傳開，轟動了整個英國。

同年，一個名叫鄧肯‧莫卡唐拉的潛水員，潛入尼斯湖底檢查一艘失事船的殘骸。他潛入湖底後不久，急忙狂亂地發出信號，人們迅速把他從湖底拖上岸來。只見他臉色發白，全身顫抖，說不出一句話。休息和醫治了幾天之後，他才講述了他在湖底看到的景象：正當他

檢查沉船的殘骸時，突然看到一隻巨獸躲在湖底的一塊岩石上，遠遠望去，巨獸好像是一隻巨大的青蛙，形狀古怪離奇，十分可怕，把他嚇得差一點昏過去。

1933年《長披風信使報》第一次以醒目的大標題發表了約翰・麥凱夫婦的見聞，說他倆親眼目睹了「一隻巨獸在尼斯湖昂首嬉水」。這篇見聞引起了廣大讀者的興趣。

與約翰・麥凱夫婦的見聞幾乎同時，獸醫學者格蘭特和湖岸一些修路工人也宣稱看到了這頭怪獸。據格蘭特回憶說，有一天他經過尼斯湖邊時，突然聽到湖水嘩嘩作響，只見一頭怪獸在湖面上游着，牠有一個很大的脊背，像一頭大象，還有一條長長的細脖子，又像頭恐龍，粗糙的皮膚上滿是皺紋。

……

英國海軍少校哥爾德訪問了五十個曾經親眼看見過怪獸的人，綜合了各種材料，加以研究和推測，第一個較系統地描述了怪獸的大概模樣：牠是一個身長約15米，頸長約1.2米，背上有兩、三個駝峯，身體顏色呈灰黑色，類似恐龍的動物。

　　英國也曾組成了「尼斯湖現象調查協會」，懸賞100萬英鎊，捉拿這頭怪獸，不管怪獸最終是死是活，都可以得到獎賞。很多人懷着碰運氣的心情，紛紛跑到尼斯湖畔，日夜巡視，希望能有幸捉到怪獸。可是怪獸卻像有意戲弄人們似的，長時間地銷聲匿跡，再不露出湖面了。那些希望獲得巨賞的人，不但沒有捉到怪獸，而且連怪獸的影子也未見過，只得失望地離開尼斯湖。

　　……

第四章　任性的小女巫

✝ 幾分鐘過去了，那兩個遲到的乘客仍然不見蹤影，飛機裏又怨聲四起。而「校園三劍客」此時則因為正在閱讀資料而沉浸到尼斯湖撲朔迷離的氣氛中了，沒有太在意。他們開始熱烈地討論起來。白雪挑起了話頭：

「那麼多人聲稱見過尼斯湖怪，可是為什麼人們總是沒辦法得到牠確實存在的證據呢？」

「這是因為一方面尼斯湖怪行蹤飄忽，另一方面，尼斯湖湖底有如一個大迷宮，有些地方水深近千尺，湖水又混濁，含有大量的泥沙，在水面最多只能看到幾尺深的東西，即使有怪物，也不能輕易地發現。因此，要證明尼斯湖水怪的存在確實很難……」張小開想了想說。

他的話馬上遭到楊歌的反駁：

「依我看，根本沒有什麼『尼斯湖怪』。人們之

所以編造關於牠的奇聞，並相信牠，只是為了滿足人性中的獵奇心理。政府支持人們的爭論，只不過是種『炒作』，它可以使世界各地的人源源不斷地到尼斯湖來旅遊，增加財政收入。」

「這麼說，你認為尼斯湖怪說到底是個騙局？」

「不完全是騙局，也可能是人們一廂情願的幻想和錯覺。」楊歌肯定地說，「比如說很可能是『水獺錯覺』，人們很容易把月光下的大水獺嬉水當成湖怪，尤其在水獺們相互追逐的時候，看上去就像湖怪翻身一樣。我還聽說過一種『浮箱理論』，遠古的赤松樹很早就沉入湖底，在湖水壓力作用下樹幹會產生氣體，這氣體使松脂膨脹成一個個微小的浮箱，最終把赤松樹的樹幹推向水面，以致人們誤認為是什麼湖怪。另外，科學家們還發現，許多尼斯湖怪的照片都是偽造的。這些都確實證明，尼斯湖怪純屬子虛烏有。」

「你這麼說未免太武斷了吧……」張小開不滿地說。

就在他想繼續反駁楊歌的時候，白雪指着窗外說：

「快看。」

楊歌和張小開停止了爭論，往舷窗外看：只見一老一少穿着怪異服裝的外國人正慢悠悠地朝飛機走來。老的那位戴着墨鏡，被少的攙扶着，衣着像個聖誕老人：身穿紅色大袍，鬢髮皆白，下巴上的鬍子直垂到胸前，頭上戴頂綴着小絨球的尖頂帽，手上拄着根黑色的拐杖。少的那位是個女孩，金髮碧眼，十五、六歲，長得非常漂亮，不過打扮得像童話裏的小女巫。她也戴着頂尖頂絨帽，穿着一件紅色的、下襬挺寬的連衣裙，褲子是燈籠褲，紅鞋子的前端還帶鈎。她的背上背着個很大的包裹，給人的感覺似乎是要到哪裏去演出。他們的衣着和機場現代化的景觀很不協調，卻十分搶眼。

　　「他們就是耽誤大家時間的乘客吧？」

　　「怎麼一點也不覺得不好意思，走路還慢吞吞的。」

　　「瞧他們穿得稀奇古怪的，八成腦子有毛病。」

　　「你看那老頭還要他孫女攙扶着走，是瞎子吧？」

　　……

　　飛機上的人議論紛紛，説什麼的都有。

　　又過了一會，這兩位對人們的抗議、憤怒、譏諷滿

不在乎的乘客終於在眾目睽睽下登上了飛機，在空中小姐的帶領下，朝「校園三劍客」旁邊的空位子走來。

「凱文‧卡龍先生，這邊請。」空中小姐攙扶着老人坐在了楊歌身邊。

「凱文‧卡龍？不就是報上説的那位挑戰科學家的大巫師嗎？」張小開最先反應過來，驚訝地説。

「你可別跟我説要請他簽名。」白雪笑道。

張小開除了是個「電腦狂」外，還是個「追星族」，只要遇上個名人，就非要糾纏着人家簽名。

「當然當然……」

果然被白雪言中，張小開忙不迭地從口袋裏找本子。就在這時，和卡龍一起來的女孩打開了他們頭頂行李櫃的門，不由分説地把「校園三劍客」的箱子搬到她的座位上。

「喂，你在幹什麼？」張小開叫了起來。

「我在搬你的箱子。」女孩一邊説着一邊很不客氣地把自己的包裹往裏塞。

「你這人怎麼這樣？凡事都有個先來後到嘛！」張小開頓時火了。

空中小姐見狀趕忙調停：「前面還有空的行李櫃……」

白雪也扯着張小開說：「算了，人家是個女孩子，何況這位老爺爺還是個盲人呢。」

老人從大家的談話中聽出女孩闖禍了，便責備道：「貝蒂，不要亂來……」

「爺爺，我沒有。」叫貝蒂的女孩一邊說，一邊很不講理地把行李櫃的門重重地關上了。

「你……」張小開肺都快氣炸了，但在楊歌和白雪的勸阻下總算沒有發作。

「校園三劍客」的行李被空中小姐放到了前面的行李櫃裏，一場小小的風波，就這樣平息了。

隨後飛機裏的廣播響起：

「各位乘客，飛機馬上就要起飛了，請您繫好安全帶……」

片刻之後，飛機轟鳴着載着氣呼呼的張小開、任性的貝蒂、一心要解開尼斯湖怪之謎的楊歌和白雪，還有所有對尼斯湖充滿好奇的乘客們飛向藍天。

第五章　海獺的尾巴

飛機在雲端裏平穩地飛行着。

因為剛才的事情，張小開已經沒有了請卡龍巫師簽名的興致。他在心裏怨恨貝蒂的同時，也怨恨她的爺爺。他在心裏想：有其孫女必有其爺爺，貝蒂那麼沒教養，她的爺爺一定不怎麼樣……看着張小開生悶氣的樣子，白雪有意挑起話題轉移張小開的注意力。她說：「剛才你和楊歌爭論尼斯湖裏有沒有怪物，為什麼不繼續討論下去呢？」

楊歌對白雪的話心領神會，也故意用挑釁的口氣說：「尼斯湖裏根本沒有什麼怪獸，我們這次調查不可能有任何結果。」

張小開的注意力果然被吸引過來。他大聲說：「尼斯湖裏就是有怪獸！要知道，1934年，有一位名叫羅勃特·威爾遜的英國醫生還拍攝過一張尼斯湖怪的照片呢。」

「你可以把照片調出來看嗎？」

楊歌問。他見張小開的注意力已經從剛才的事情上轉移開了，不禁暗暗高興。

「當然可以。」

張小開說着再次打開電腦，從電腦裏調出了資料中的照片，他不是一個願意輕易服輸的人。

很快，屏幕上出現了那張作為尼斯湖怪存在的重要證據的著名照片：照片中的尼斯湖怪昂着黑而長的頭顱，尼斯湖上泛着細密的水波。

「你難道沒有發現照片裏的破綻嗎？按照常規，如果尼斯湖怪昂着腦袋在水中游，其水波應該是沿着脊背呈V字形分開的，但照片上並沒有顯示這一點。另外，你還可以用電腦重新模擬一下當時尼斯湖水波的形狀和高度。」楊歌一針見血地説。他開始把話題引向深入。

「當時的照相技術不發達，沒有把V字形水波照出來也屬正常。不過，用電腦模擬水波我倒可以試試。」張小開説着就設計起程式來。五分鐘後，一個不太複雜的模擬程式便設計好了。張小開一按「輸入」鍵，這時，出現在他面前的模擬狀況令他十分吃驚：模擬的水波要比照片裏的高許多。

「瞧見了吧，如果怪物的頭像照片中的那樣高出水面六到八英尺，那麼水波就應該有二到三英尺高。但是，照片裏的水波顯然只是一些一至二英寸高的細浪。」楊歌在爭論中佔了優勢。

「你的意思説這張照片也是偽造的？」張小開仍不服輸。

「不，許多科學家研究這張照片後認為照片倒是真的。不過，拍攝到的可能不是尼斯湖怪，而是一種比尼

斯湖怪要小得多的動物——海獺。如果你用模擬程式模擬一下海獺入水的水波，會發現如果是一隻海獺投入水中而尚未完全入水，那時產生的水波細浪的形狀，就跟照片裏的樣子相若了。」楊歌雄辯地回答道。

「不會吧，有人猜尼斯湖怪是古代倖存的蛇頸龍。海獺和蛇頸龍的模樣可是一點都不像啊。」張小開大聲説道。

「確實不像。不過，我們憑什麼認為照片上的那個又黑又長的東西一定是尼斯湖怪的脖子和腦袋，而不是海獺的尾巴呢？」楊歌説。

就在這時，楊歌突然感覺到一股很有衝擊力的腦波撞擊了一下他的第六感官：

「這幾個小孩好厲害！」

楊歌扭過頭去，看見旁邊戴着墨鏡的卡龍巫師正仰躺在椅背上休息，而貝蒂則像電影裏的女巫一樣將一副撲克牌擺在她面前當桌子用的小平板上，口中唸唸有詞。表面上，卡龍巫師似乎沒有聽楊歌和張小開的對話，但楊歌分明感到腦波是從他的腦中發出來的。並且，楊歌還感覺到了他腦中的一些圖像：那些圖像有機

艙裏的畫面，也有「校園三劍客」的畫面⋯⋯如果卡龍巫師真的是盲人的話，他是看不見機艙裏的情形的，也看不見「校園三劍客」的面容，他的腦中，就不可能有那些畫面。

「卡龍巫師不是盲人！他為什麼要裝瞎子？他有什麼企圖⋯⋯」楊歌腦中閃過一系列的問題。

「怎麼會是海獺的尾巴呢？簡直是無稽之談！」張小開還要和楊歌理論下去。而楊歌的注意力此時在卡龍巫師的身上。他不想再與張小開爭論，只是用一句簡單的話結束爭論。他說：「事實將證明我是對的。」

張小開見楊歌無心和他爭論下去，也嘴硬地說：「不，真理將站在我這一邊。」

第六章　劫機分子

飛機飛行了四、五個小時後，機上的人都感到了旅行的疲倦，開始昏昏欲睡。楊歌一直在觀察身邊坐着的這位老人，雖然他通過接收腦電波感覺到他的眼睛沒有瞎，但是他仍然不敢確定，他打算找機會驗證一下。終於，機會來了。卡龍巫師從座位上站了起來，用拐杖點地，慢慢地穿過長長的通道，向洗手間走去。

楊歌站起身，跟在他的後面。卡龍進了洗手間，楊歌則在通道盡頭的飲水機盛了一杯滾燙的開水。當卡龍從洗手間裏出來時，楊歌舉着水杯直直地朝卡龍走去——如果卡龍的眼睛沒有瞎，他就會條件反射地閃開來，如果他沒有躲閃，就說明他是個盲人。

三步！兩步！一步！

那杯開水馬上就要碰着卡龍了，楊歌估計卡龍肯定會躲避，就把杯子又往前伸了一些。然而，卡龍根本沒有躲避，而是直直地撞了上來。楊歌再想收住腳步已經

來不及了，滿滿一杯開水全部灑在了卡龍的身上。卡龍被燙得「哎喲」叫了一聲，一下子就跌倒在地上。楊歌周圍的幾名乘客聞聲把目光集中過來。楊歌知道自己闖了大禍，臉紅得像番茄一樣，連忙彎腰去扶老人。

就在這時，楊歌的胳膊碰到了一個乘客的腰部，感覺到了一個硬硬的東西——他突然意識到那是一件不該在飛機上出現的東西：手槍。

楊歌再定睛看那乘客：他是一個長着一頭金髮的英俊青年，二十多歲，臉形瘦削，淺藍色的眸子射出的目光在堅定自信中略帶憂鬱。他回頭看了楊歌一眼，目光中甚至帶着一些輕蔑。

這時，飛機上的人紛紛指責楊歌：

「這個孩子怎麼這麼不小心，把水全灑在盲人身上了。」

「是啊，還把人給撞倒了。」

「笨手笨腳的，真是！」

……

那邊的貝蒂看到了這個情形，從座位上跳起來，一邊向這邊跑一邊喊道：

「喂，你這個人怎麼回事啊……爺爺，你怎麼樣？燙傷沒有？沒事吧？」

楊歌雖然成了人們指責的對象，但那些聲音似乎離他很遠。他的心思此時全在那位乘客的那柄手槍上。隨後，他又注意到在機艙後排坐的一些與眾不同的乘客：他們和帶槍的乘客一樣，穿着灰色的西裝，戴着墨鏡，一言不發，一副不苟言笑的樣子。

「嘿，說你呢，你怎麼跟個木頭人似的，撞了人連句道歉的話都不會說嗎？」貝蒂朝楊歌很兇地喊道。

這時，楊歌注意到卡龍巫師捏了一下貝蒂的手，對她說：

「我沒事，貝蒂，回去吧。」

貝蒂這才作罷，攙扶着卡龍巫師向座位走去。

「飛機上怎麼會有人帶槍？他們要幹什麼？劫機嗎？我該怎麼辦？」

楊歌腦中閃過一連串的問題。他是一個頭腦冷靜、處變不驚的少年，他盡量裝作什麼事都沒有，一邊想着一邊向座位走去。就在楊歌剛剛坐下時，飛機不知什麼原因產生了強烈的震動，乘客們一下子騷動起來。

「怎麼回事？！」

「晃動得好厲害，飛機不會墜毀吧？」

「可能是遇上氣流了！」

……

與此同時，廣播響了：

「各位乘客，飛機遇到了氣流，出現一些震動，問題會很快解決，請大家保持鎮定，不要驚慌。」

過了好一陣子，危險才解除，乘客們長長地吁出了一口氣，好險！每個人都嚇出了一身冷汗。楊歌下意識地回頭往後排座位上看，他發現：最後排的座位空了許多，灰衣人全都不見了。

「糟糕，不好了！」楊歌失聲説道。

「怎麼啦？」白雪和張小開把頭偏向楊歌，問道。

楊歌還來不及回答他們的問話，飛機上的廣播又響了起來，不過這次可不是空中小姐甜美的聲音，而是一把十分冷酷的男聲，猶如寒冰：

「給我聽好了，你們這些為了滿足個人的好奇心不惜踐踏大自然的傢伙。我們是『尼斯湖保衞者』！我們痛恨旅遊公司為了牟取暴利，用怪獸作誘餌，把人們

從世界各地騙到尼斯湖的行為！我們劫持飛機，是為了給所有膽敢用自己的雙腳破壞尼斯湖環境的人們一個教訓。只要你們不反抗，我們將不會傷害你們，否則，我手下的子彈可是不長眼睛的！」

為了保護環境而採取劫機行動，這大概是世界上絕無僅有的一次劫機。可是，這畢竟是恐怖活動，這樣的場景，大多數人平常都只在電影電視中看到過，如今卻在眼前上演了，旅客們都有些不知所措。

飛機裏又開始騷動起來。這時，幾位劫機分子在通道的兩頭出現了，他們的手中都端着武器，有的是衝鋒槍，有的是手槍——他們果然是後排座位上的那幾個灰衣人。一個拿手槍的劫機分子朝着機艙頂開了一槍。在槍聲的威懾下，人們安靜下來，眼睛全都瞪得大大的，一動不動。

看到這情形，劫機分子們很是囂張得意。一個獨眼的劫機分子恐嚇道：

「哈哈！都嚇破膽了吧？放心，只要乖乖聽話，老子是不會傷害你們的，否則，嘿嘿嘿嘿！」

「校園三劍客」面面相覷。

「他們的動機是好的，可是採取這種暴力的方式，未免有些矯枉過正。」白雪說道。

張小開也說：

「就是！況且，人有好奇心並不是什麼壞事！人類文明之所以會發展，就是因為人的好奇心在推動嘛！」

看見白雪和張小開在說話，一個劫機分子走了過來，用槍指着他們二人，很嚴厲地說：「閉嘴，不許說話！」

張小開還要說什麼，白雪拉了拉他的衣袖，他才忍住了閉口不語。

黑洞洞的槍口在人們眼前晃來晃去，機艙裏的空氣如同凝固了一般，人們似乎都能聽到自己心跳的聲音。

突然，坐在楊歌身邊的貝蒂站了起來，指着劫機分子大聲說道：

「你們這些人，雖然有着很好的動機，可是劫持飛機是違法的事情，難道你們不要命了嗎？還不趕快放下武器！」

在場所有的人包括劫機分子都驚呆了！一個小女孩竟然有如此膽量！她不要命了嗎？

「小東西，我看你是活膩了！」

一個劫機分子勃然大怒，氣勢洶洶地衝過來，伸手就去抓貝蒂。然而，他的手卻被一雙有力的手推開了——是楊歌，他將伸向貝蒂的手一把推開。

「你找死啊？」

那名劫機分子見又有人膽敢違抗他們，並且也是個孩子，就更生氣了，竟然扣動了衝鋒槍的扳機，「噠噠噠」，一梭子彈從槍管裏射出，飛向楊歌的胸膛。

「完了！」

飛機上所有的乘客都把眼睛閉上了，誰也不忍心看這血腥的一幕。張小開和白雪也從座位上騰地站起來，要去救他們的好朋友。

第七章　時間停止流動

槍聲響起的時候，楊歌的第一反應是：
「完了！」

然而，就在這一瞬間，他突然感到周圍一下子變得非常安靜，一點聲音都沒有。更令他驚異的是，機艙裏的一切都像放電影突然定格了一般一動不動。那幾個劫機分子如同冰雕塑，保持着呲牙咧嘴的神態和舉槍射擊的姿勢。更神奇的是，劫機分子射出的子彈，在距離楊歌前面五厘米左右的地方也定住了，如同幾顆懸浮在半空中的花生米。

楊歌眼睛的餘光還看到，張小開和白雪此時手向前伸，保持着半坐半站的姿勢，臉上交織着驚訝、擔心、悲憤的神情。飛機上的乘客們，也像被施了魔咒一般，都成了蠟像，什麼神情、什麼動作都有。

最有意思的是站在一邊的空中小姐手中的盤子保持着下落的狀態，杯中的礦泉水也倒了一半，但是，那些

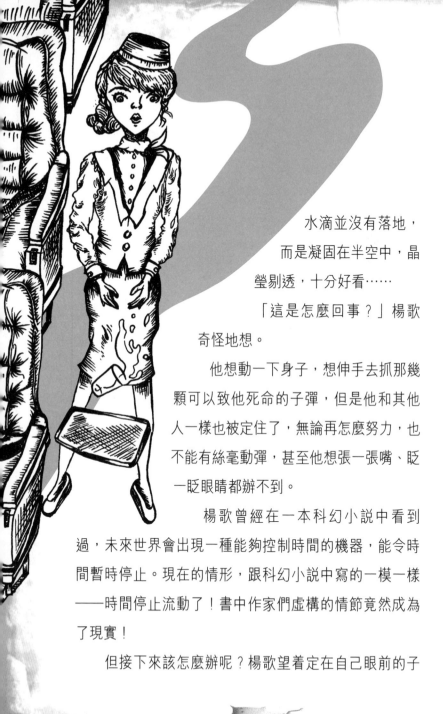

水滴並沒有落地，而是凝固在半空中，晶瑩剔透，十分好看……

「這是怎麼回事？」楊歌奇怪地想。

他想動一下身子，想伸手去抓那幾顆可以致他死命的子彈，但是他和其他人一樣也被定住了，無論再怎麼努力，也不能有絲毫動彈，甚至他想張一張嘴、眨一眨眼睛都辦不到。

楊歌曾經在一本科幻小說中看到過，未來世界會出現一種能夠控制時間的機器，能令時間暫時停止。現在的情形，跟科幻小說中寫的一模一樣——時間停止流動了！書中作家們虛構的情節竟然成為了現實！

但接下來該怎麼辦呢？楊歌望着定在自己眼前的子

彈發起愁來，危險還沒有解除啊！一旦時間恢復正常，還是難逃厄運啊！怎麼辦呢？

正在胡思亂想之際，楊歌突然感覺到身邊有兩個人站了起來——是巫師卡龍和他的孫女貝蒂！

「他們怎麼可以不受時間停止的控制？難道是他們控制了時間？」楊歌驚訝地想。

這時，卡龍伸出手去，將那定在半空中的子彈一粒一粒地抓起來，放進他的口袋中。他的動作準確迅速——這充分說明，他不是盲人。

而貝蒂則一邊衝木雕似的劫機分子們做着鬼臉，一邊卸下他們手中的武器，將它們通通裝進一個大口袋裏，用一根繩子紮了起來。她完成這一切後，又向楊歌身後走去。楊歌沒有辦法回頭，只能乾等着。過了一會兒，貝蒂回來了，她可能去了行李艙，找到了許多麻繩，她用麻繩將那些體形彪悍的暴徒們五花大綁起來……

當一切都完成時，卡龍巫師又坐回到座位上。貝蒂從衣袋裏取出一台像電視遙控器一樣的機器，按下一個按鈕，那機器迸射出一道閃光，隨後，凝固的時間又重

新流淌起來。

「砰——」

槍聲沒有消失——似乎是剛才的延續。楊歌感覺到自己又能正常活動了，飛機上所有的乘客也都恢復了正常，説着話，活動起來。

「楊歌——」張小開和白雪大聲喊道。

然而，楊歌安然無恙。他再看那幾個劫機分子，此時全都被五花大綁着，蜷縮在地上。他們一邊掙扎着，一邊高喊：

「怎麼回事……放開我！放開我！」

人們看着那些被麻繩捆着的劫機分子，全都目瞪口呆。

「楊歌，你中彈了嗎？」白雪關切地問。

「我沒事。」楊歌搖搖頭説。

「天哪，你竟然刀槍不入？咦，這些傢伙怎麼全被綁起來了？是你調動超能力制服了他們嗎？」張小開看着完好無損的楊歌，眼睛反要從眼眶裏瞪出來了。

楊歌同樣很吃驚：「難道剛才時間停止你們沒有發

覺？」

「時間停止！這怎麼可能？那是科幻小說裏才有的情節！」白雪和張小開覺得不可思議。

看來，白雪、張小開、劫機分子，還有這架飛機上的其他人，都沒有感覺到時間曾經停止過。可是他自己為什麼就感覺到了呢？難道是因為自己曾經進過時間隧道，具有超能力？或許，這是唯一說得通的解釋了！

楊歌一邊想，一邊把目光轉向了巫師卡龍和貝蒂。巫師卡龍臉上的神情依然十分沉靜，像一個盲人一樣無動於衷。而貝蒂則衝他狡黠地笑了一下。

「我猜你一定是產生了暫時的幻覺。可是，這些人怎麼會被捆綁起來呢？真奇怪！」張小開奇怪地說。

楊歌沉默了。他知道這樣的事情沒有辦法跟張小開和白雪他們說清楚。他現在完全肯定，卡龍巫師不是什麼盲人，他在表演。可他為什麼要裝成瞎子呢？他有什麼特別的目的嗎？剛才時間停止是他和他的孫女幹的。這說明他們擁有可以操縱時間的機器。他絕不是一個虛張聲勢的普通巫師。報上說他要跟科學家們對着幹，他完全擁有這樣的資格。他的目的地也是尼斯湖，如果尼

斯湖真的有尼斯湖怪的話，那對於尼斯湖怪將意味着什麼呢？究竟是禍還是福呢？……

楊歌百思不得其解。

對於楊歌的「刀槍不入」，以及那幾個原本張牙舞爪的劫機分子突然被五花大綁起來的事實，感到震驚的當然不僅僅只有白雪和張小開，飛機上的乘客們全都吃驚到了極點。是誰綁住劫機分子的？怎麼綁的？大家誰也沒看清。人們議論紛紛，飛機像開了鍋一般沸騰着，熱鬧非凡。

大家說到如何處置劫機分子的時候，有幾個小伙子從座位上站起來，將那些被捆得像大蠶繭的劫機分子帶到了機艙的後面，看守着他們。

又過了一會兒，機艙的前門被打開了，高大健壯的機長押着一個被五花大綁的青年和另一個同樣被捆綁着的劫機分子走了出來。那個青年正是這次劫機行動的策劃者，剛才就是他用廣播向全機的乘客宣布飛機被劫持的。一分鐘前，駕駛艙裏的駕駛員和機長頗覺意外地看到他和他的手下不知怎麼就被捆綁起來，手上的武器也不見了。於是，機長把他們帶到了機艙裏。

「你們這些破壞環境的罪人！我不會罷休的！」青年大聲喊道。他正是楊歌剛才看見的那位金髮青年，他的眼中流淌着怒火，雖然被捆綁着，但卻沒有絲毫的懊悔和畏懼。

後面被幾位年輕人押着的獨眼劫機分子衝他訓斥道：

「省省吧，小子。我們都是因為收了你的錢才來劫機的。為了這次劫機，你把你的家產全變賣光了，你現在成了窮光蛋，又要當階下囚，還那麼嘴硬，圖什麼呀？」

「校園三劍客」聽見了他的話，忍不住互相對視了一眼。他們心中，油然生出對那位青年的同情。

危險解除了，飛機又恢復了正常的航行，朝着尼斯湖快速飛去。

「飛機一降落就報警，讓警察來收拾他們！」

這是飛機上的乘客們一致的意見。

第八章　人間蒸發

「各位乘客請注意，這次飛行的目的地——尼斯湖就要到了。請各位乘客做好準備，不要忘記隨身攜帶的物品。」

飛機上的廣播再次響了起來。隨着一下令人心動的震顫，飛機平穩地降落在尼斯機場。

「哇！終於到了尼斯湖！」

大家都歡呼起來！這次飛行可真稱得上險象環生！不過，總算有驚無險，平安到達目的地了！

飛行員早已和當地的警方取得了聯繫，通知警方飛機上出現了劫機分子。所以，飛機剛一降落，全副武裝的警察就將飛機包圍了，警方足足出動了一百多人，把飛機圍了個水洩不通！

由於出現了劫機分子，情況比較特殊，所以警方要求乘客坐在自己的座位上，不要走動，等把歹徒逮捕之後才可以下飛機。乘客們非常配合警方的行動，坐在座

位上等待警察將劫機分子緝拿歸案。

飛機終於停穩了，警察立即進入機艙內。

「校園三劍客」把目光集中到那位金髮青年的身上，不知為什麼，他們對金髮青年的將來感到擔憂和於心不忍。

就在這時，楊歌看見卡龍巫師從衣袋裏掏出了那個仿如電視遙控器似的東西，並按了一下按鈕。隨後，楊歌再次感覺到時間停止了：端着槍飛速進入機艙的警察、正襟危坐的乘客、耷拉着腦袋的劫機分子、扭過頭向後看的張小開和白雪……此時又成了蠟像，保持着時間停止前那一剎那的姿態，一動不動。和上回一樣，楊歌只有意識在活動，身體卻不能動彈分毫。

卡龍巫師和貝蒂從座位上站了起來，走向機艙的後部。卡龍巫師解去了青年身上的繩索，又把奇怪的機器對準他，按下了一個按鈕，那青年便動了起來。他驚訝地看着周圍如同蠟像一般的人們，卡龍巫師拍了拍他的肩膀，對他耳語幾句，那青年便跟隨着卡龍和貝蒂穿過長長的通道，與荷槍實彈的警察們擦肩而過，向機艙外走去……

隨後，時間又流動起來：那些警察們繼續向前衝，乘客們的目光隨着警察們的移動往後看，白雪和張小開臉上出現了驚訝的神情……從人們的神情上看，他們大概都不知道時間曾經在某一瞬間停止過。

　　「咦，那個人怎麼不見了？」

　　張小開叫了起來。白雪大概也發現了這一點，目瞪口呆。隨後，他們還發現楊歌身邊的卡龍巫師和貝蒂不知什麼時候也不見了。

　　乘客和劫機分子們看到那個青年原來所在的位置此時只剩下一根繩子，而青年卻消失得無影無蹤，都很吃驚，互相問道：

　　「咦，人呢？」

　　「這怎麼可能，明明剛才還在這裏的！」

　　「怪事！」

　　……

　　奇怪也好，不奇怪也罷，那青年確實如同水蒸氣一樣消失了！

　　記者們潮水般湧向機場。《尼斯日報》、英國《泰

晤士報》、尼斯電視台、英國BBC廣播電台……均派出了記者進行採訪。報紙、廣播、電視、互聯網等各種媒體以最快的速度對此事進行了報道。這架飛機上所發生的劫機案及怪事成了重大新聞，迅速傳遍了全世界。

隨後，記者們通過警方的審訊得知這次劫機行動是失蹤青年一手策劃的。失蹤青年的名字叫威利·卡爾斯，他是一位頗有成就的生物學家，雖然只有二十九歲，但他的多篇論文卻已在世界最高學術雜誌《自然》上發表，並獲得過「英聯邦青年學術研究獎」、「聯合國青年學者獎」等多項國家級、國際級的學術獎項。不久前，他還獲得了一筆豐厚的遺產。

最近，他聽說政府為了增加旅遊收入，新開通了通向亞洲、澳洲、美洲、非洲等三十幾個國家的四十多條旅遊專線，他擔心世界各國的旅遊者潮水般地湧向尼斯湖，會對尼斯湖的環境造成致命的破壞，於是傾家蕩產把自己所得的各種學術獎金全部拿出來，買通了一個黑社會組織，一手策劃了這次劫機案。

威利的這一異想天開的做法目的非常單純和天真，並沒有傷害乘客的意思，但黑社會卻有另外的想法：據

這個黑社會組織的頭目「獨眼龍」（即飛機上那位獨眼的劫機分子）供認，他們劫機其實還有自己的目的——搶劫旅客的財物，並以此要挾航空公司，敲詐錢財。

這一事件產生的後果對於尼斯湖當地的旅遊公司和航空公司來説算得上損失慘重，但對於尼斯湖的環境來説，未嘗不是件好事：許多原本預訂了尼斯湖機票的乘客紛紛要求退票；許多旅遊線迫於公眾的壓力不得不永久性取消。據統計，前往尼斯湖旅遊觀光的人，比往年要少了三分之一。

不過，對威利的這種做法，絕大多數的人持否定態度。國際刑警組織也向全球發布了通緝令，要捉拿威利歸案。

第九章　憂鬱之湖

「校園三劍客」下飛機後，叫了一輛計程車。計程車載着三個好奇的少年駛向尼斯湖。

「停一下，叔叔。」車行到半路，楊歌對開車的大鬍子司機說。

「現在還沒有到尼斯湖旅館呢。」司機說。

「我們想下去看看。」楊歌解釋道。他感覺到窗外吹進來的風充滿了濕氣，他聽見了湖水嘩嘩的聲響，他想大概已經來到尼斯湖邊上了。

於是，司機把車停了下來。「校園三劍客」從車裏鑽出來，他們發現自己置身於高高的崖岸上，充滿神奇色彩的尼斯湖像畫卷般在他們眼前展開着。尼斯湖是個淡水湖，兩側被高高的崖岸簇擁着，好像躺在山與山之間的長絲帶。尼斯湖上的風很大，不過濕潤的湖風拂面而來的感覺卻十分舒服，「校園三劍客」有些心曠神怡了。

「據史料記載，在史前時代，尼斯湖是通向大海的。到了冰河時代，由於河道堵塞，尼斯湖才變成了內陸湖。如果尼斯湖真有水怪的話，很可能就是因為通向大海的路被阻而滯留下來的。由於尼斯湖有着適合牠們生存的條件，所以，當地球上其他地方的怪獸——當然包括恐龍——都滅絕之後，牠依然活了下來，並生生不息……」司機向「校園三劍客」侃侃而談。

「叔叔，您是地質學家嗎？」白雪對司機知識的廣博感到十分驚奇。

「不，我只是一個普通的司機，在這裏生活的每一個人，對這些知識的了解都不比我少。」司機微笑着說。可以看出，他對自己生長在尼斯湖畔深感驕傲。

「不過，如果你們再細細看尼斯湖的話，會發現它是憂鬱的……」司機接着說道。他說話的口氣變得低沉起來。

「憂鬱？」楊歌不自覺地重複了一下司機的話。他感覺司機不但像個地質學家，還像個詩人。

「你看這裏的天空，永遠堆着一些沉沉的雲團；尼斯湖上，永遠飄着一層薄薄的白霧；還有那些樹木，

總是令人覺得感傷……不過我指的不是這些。我記得在我小的時候，尼斯湖的天空是很藍的，樹木綠地比現在多，環境十分安靜。那時，尼斯湖畔的居民不多，遊人雖然有，但比現在少多了。那時的樹木、青草也比現在茂盛。這些年，政府鼓勵我們這兒發展旅遊業，並用尼斯湖怪大做文章，比從前多了幾十倍的遊人來到這裏。他們的到來雖然給我們帶來了英鎊和美元，充實了我們的銀行存款，但是他們也踐踏了青青的草地、茂密的樹林，還帶來了怎麼也清理不完的垃圾……唉，跟你們說這些幹什麼呢？上車吧。」司機搖了搖頭說道。「校園三劍客」都發現，他的眼角有些潮潤。

　　計程車下了山坡，張小開發現，在尼斯湖的岸上，搭建有許多帳篷，出入帳篷的人衣衫襤褸，破舊不堪。

　　「叔叔，他們也是旅遊者嗎？」白雪問道。

　　「不，他們是一些走火入魔的『怪獸迷』。這些人在很多年以前就來到了尼斯湖，並發誓要找到尼斯湖怪。他們的錢用光之後，租不起旅館，就在這裏搭帳篷安家，以向來往的遊客乞討維生。」司機說道。

　　「有些時候，過於執着也不是什麼好事。」張小開

搖了搖頭說道。

又往前開了一段路，就到了尼斯湖度假村。尼斯湖不愧是個世界聞名的旅遊點，度假村裏的旅館不僅多，而且全都非常氣派。此時天色漸漸地暗了下來，所有旅館的霓虹燈全亮了，五顏六色，十分好看。

計程車在一家名叫「尼斯假日大酒店」的酒店門前停下。「校園三劍客」從車裏出來，向司機揮手告別，然後朝那家酒店走去。

當他們走到旋轉門前時，門衛攔住了他們。

「怎麼，你看我們是學生，怕我們付不起錢嗎？我們可是有備而來的。」張小開一邊說一邊掏錢包。

門衛面帶微笑，十分客氣地對「校園三劍客」說：

「實在對不起。三位客人，我並不是怕你們沒錢，而是我們酒店早已經客滿了。」

「客滿！！！」「校園三劍客」異口同聲地說。他們的表情就像看到了尼斯湖怪一樣，「這麼大一棟酒店全部客滿？！」

「對，而且一部分客房在半年以前就已經預訂出去了。三位客人還是去別的酒店碰碰運氣吧。」門衛補充

道。

「算了，還是到別處去看看吧。我就不信連個住的地方都找不到。」張小開撇着嘴說。

三人又來到一家酒店，結果跟上一家一樣，也客滿。「校園三劍客」一連找了五六家，竟然全部爆滿。

張小開看了看錶，已經是晚上十一點了。他咕噥道：

「唉，我們總不至於露宿街頭吧！」

就在三人都感到垂頭喪氣的時候，一個胖胖的中年婦女向他們走來，問他們：

「三位是要住旅館嗎？請到我那裏去吧。」

「你那兒還有空房間嗎？」張小開有點不相信自己的耳朵，試探地問道。

中年婦女說：「還有幾間空房，不過條件差一些。」

「沒關係，沒關係，總比露宿街頭好。」「校園三劍客」齊聲說道。

在中年婦女的帶領下，「校園三劍客」走進了一家不大的旅館。簡陋的門面，低矮的櫃枱，狹小的客房，

條件確實比那些大酒店差很多。不過對於已經精疲力盡的「校園三劍客」來說，這裏簡直是人間天堂。中年婦女走到櫃枱前，為三人登記。三人這才明白她是這家旅館的老闆。

就在三人登記的時候，一個童稚的聲音傳來：「你們是到這裏來抓怪獸的嗎？」

說話的人是個抱着怪獸玩具的小女孩。她純淨無瑕的藍灰色眼睛瞪得大大的，問道。

「我們不是來抓怪獸，而是來找怪獸的。」張小開俯下身子說道。

「你們找到怪獸就會把怪獸抓走，你們也是壞人。我不要抓怪獸的人來住我家的店，我不要你們住我家的店。」小女孩一邊說一邊用手把「校園三劍客」往門外推。

「瑪麗，快回來。克魯斯，快把瑪麗帶走……」女老闆朝一個正在擦地的侍者喊道。

侍者大概已經見慣了這種情形，二話不說，將小女孩抱起來帶往屋裏。小女孩踢騰着雙腿，哭喊着：「我不要抓怪獸的人來住我家的店，我不要抓怪獸的人來住我家的店……」

「校園三劍客」面面相覷。張小開說：「這裏的人環保意識真強，連那麼小的孩子都知道保護動物。」

「是啊，現在，我開始理解司機叔叔所說的『尼斯湖是個憂鬱之湖』的含義了。」白雪望着窗外漆黑的天空若有所思。

第十章　龐然大物

第二天一大早，「校園三劍客」在旅館裏吃完由旅館供應的早餐之後，便租了一條小船，蕩漾在尼斯湖上。

尼斯湖風景如畫，將尼斯湖攬在懷中的格蘭扁山脈層巒疊嶂，氣勢磅礡。其中的本尼維斯山主峯海拔1,343米，是英倫三島的最高峯。「校園三劍客」看過本尼維斯山的資料，知道「本尼維斯」一詞的意思是「頭頂雲彩的山」。山峯上常年白雪皚皚，雲霧繚繞，怪石嶙峋；山中林海茫茫，蒼翠的林木蓋滿了起伏的峯巒，遠遠望去，就像碧波萬頃的綠色海洋。

就在三人專注地觀察尼斯湖的情況，尋找怪獸的時候，突然，遠處傳來「噠噠噠」馬達的響聲，一艘小汽艇向他們飛馳過來。開汽艇的人是個五、六十歲的警察，當汽艇靠近時，他對三個孩子説：「我是水上警察卡爾，我在這個湖上看守了大半輩子了。你們幾個孩子

遊湖時要注意安全，並協助保護這裏的環境清潔，謝謝合作。」

老警察說完後，便開着汽艇風馳電掣而去。

「這裏的人們環保意識真強。」楊歌望着老警察的背影說道。

「可不是，資料上說尼斯湖是個淡水湖，終年不凍，適宜於生物飲用，因此，湖中魚蝦很多，水鳥翔集。你看這裏的水多好啊，如果我是尼斯湖畔的居民，我也會像愛惜自己的眼睛一樣去愛惜它。對了，你們認為我們真的會在湖上遇見怪獸嗎？」白雪有些陶醉地說。

「機會率很低。有人曾將1992年和1995年發現怪獸的時間進行了一個統計，算出大概每觀察350個小時，怪獸才可望出現一次。我們第一次來，運氣不會那麼好吧？」張小開不抱太大希望。

「如果尼斯湖真有什麼怪獸的話，牠不應當是單獨一個，而應當是一羣這樣的動物。為了傳宗接代，牠們至少應有二十到二十五隻。如果水中真的有這麼多怪獸的話，牠們應當經常冒出水面呼吸空氣。大多數人認

為尼斯湖怪是蛇頸龍，但根據古生物學家從骨骼結構來推斷，像蛇頸龍這種具備像槳一樣的有力鰭翅的動物，在追逐獵物而返身潛水時，一定會因抽打水流而攪動湖面。如果是這樣的話，就不應當每隔350個小時才會被發現一次了。」楊歌很冷靜地説。

「但也有另外一種可能：那就是尼斯湖怪可能已經適應了淡水，並發展了鰓，保持水下呼吸。」張小開針鋒相對。

「這是沒有科學根據的，生物進化要達到這種適應，至少要有幾百萬年。從尼斯湖怪在冰川退縮後進入尼斯湖的時間來看，不太可能。白雪，我説得對嗎？」楊歌問道。

「理論上應當是對的。」白雪點點頭。

「算了。我不跟你爭，事實會證明我是對的。」張小開不甘下風，大聲説道。

天空的陰雲散去了一些，但雲彩依然像碎布一樣扯得到處都是，陽光從雲與雲之間的縫隙間漏下來，形成不計其數的光柱。「校園三劍客」划着小船在尼斯湖裏遊弋着。尼斯湖風大浪急，湖上的水鳥一邊飛翔一邊發

出「嘎嘎嘎」的叫聲，在湖上航行，跟在海上航行的感覺差不多。

突然，遠處傳來「汨汨」的響聲，「校園三劍客」不約而同地把目光朝發出響聲的地方望去：天哪，水中隱隱約約有一個黑色的龐然大物正向這邊游來。

「尼斯湖怪？！」張小開情不自禁地喊道。

楊歌和白雪也很吃驚。他們把船朝着黑色物體的方向快速划去。

「快點，快點……」張小開催促道，他的心怦怦直跳。然而，當他們靠近那個黑色物體時，三人都感到了極度的失望：那根本不是什麼尼斯湖怪，而是成百上千條黑色的、大大小小的魚組成的魚羣。由於牠們的數量眾多，並且都是黑色的，聚在一起，遠遠看去就像一隻龐大的怪物一般。而那響聲，也是魚兒們吐泡發出來的。

「原來是魚羣啊！」張小開頗有些喪氣地説。

「難道那些看到尼斯湖怪的人看到的都是這樣的魚羣？」白雪疑惑地説。

「也有可能是鰻魚，」楊歌説，「科學家們發現，

尼斯湖裏有許多鰻魚。而鰻魚如果不能游到馬尾藻海裏去產卵，就會長得大些，甚至很大。有人曾在加拉西亞海捕獲過一條長六英尺的幼體鰻魚。這種鰻魚如果長大，身體可能和傳說中的尼斯湖怪相似，甚至超過牠。另外，鰻魚喜歡黑暗，也不呼吸空氣，從這一點上來說，習性跟尼斯湖怪像極了。所以，所謂的尼斯湖怪，極有可能是鰻魚。」

張小開這次沒有反駁。說實在的，他也找不出什麼

理由來反駁楊歌的理論。不過,他在等待,他相信尼斯湖裏一定有怪獸,他一定會見到牠。

　　時間飛快地流逝,他們搜索了四、五個小時,天色漸漸暗了下來,他們依然一無所獲。

　　「看來,我們今天真的是不會有什麼收穫了。」張小開頗有些喪氣地說。他的話音未落,水面突然像開鍋的水似的沸騰起來,湖面上出現了一個圓形的漩渦,湖水劇烈地晃動起來,小船在浪尖上顛簸着,「校園三劍

客」被顛得幾乎要嘔吐。

「尼斯湖怪……尼斯湖怪要出來了！」張小開興奮地喊道。

「嘩——」

一聲巨響，一個龐然大物破水而出，向暗黑的天空衝去。小船被龐然大物掀翻，「校園三劍客」全都落入波起浪湧的湖水中。

「救命啊——」張小開的雙手使勁地撲騰着，恐懼地喊道。他是個旱鴨子，不會游泳，一個巨浪打來，他就像一塊石頭一樣沉入了黑暗的湖水中。

第十一章　浮箱理論

楊歌和白雪抓着一個有半隻小船那麼大、中空的枯樹樹幹，在水上漂浮着，大聲呼喚張小開的名字。這個大樹幹，正是剛才那個衝向天空，將小船撞翻的龐然大物。它向上衝了十幾米，又重重地砸回了湖中，正好擊中傾翻的小船，將小船砸得粉碎，還激起了層層惡浪。當楊歌和白雪浮出水面時，它也漂浮到湖面上。為了節省體力，二人朝樹幹游去，並抓住了它。隨後，他們開始尋找好朋友張小開。

「小開——」

「小開，你在哪裏——」

楊歌和白雪大聲地呼喚着。他們已潛入湖中來來回回地找了十幾次，湖水渾濁，根本沒有辦法看見人，最後，他們都精疲力盡了，只能抓着樹幹呼喊張小開的名字。

風浪的聲音在耳邊作響，卻沒有張小開的回應。

楊歌和白雪悲痛欲絕，難道與他們朝夕相處的張小開、電腦天才張小開會葬身在尼斯湖中嗎？

　　「噠噠噠⋯⋯」

　　遠處傳來汽艇的聲音，是中午他們出發時遇見的警官卡爾。他把船開近了楊歌和白雪，說道：

　　「小傢伙們，快上來吧。」

　　卡爾開着汽艇載着楊歌和白雪繞着長約36公里，平均寬度為1.6公里的尼斯湖找了好幾圈，都沒有見看張小開的蹤影。

　　一輪圓月升上了山頂，在厚厚的雲中穿行着。卡爾把手搭在了兩個悲傷的孩子肩上，同情地說：

　　「沒用的，尼斯湖最深的地方近300米，就是白天，要找到你們的朋友也幾乎是不可能的。」

　　楊歌搖了搖頭：「不，我們一定要找到他，他是我們的朋友⋯⋯」

　　白雪的眼中滿含着淚水，用已經沙啞了的聲音喊着：「小開，小開，你在哪裏？」

半夜的時候，一無所獲的卡爾警官把汽艇開回了早上楊歌他們出發的岸邊。

「楊歌，你看……」白雪指着沙灘上的一個白影子說，她的聲音完全沙啞了。

「小開！是張小開！」楊歌一下子轉悲為喜。

當汽艇開到岸邊時，楊歌和白雪迫不及待地衝過去。仰面躺在地上的人果然是張小開，他全身的衣服濕透了，昏迷不醒。

「小開，快醒醒……」楊歌和白雪搖晃着張小開喊道。

月光照在張小開有些蒼白的臉上，忽然，他的眼睛睜開了，十分惶惑地望着楊歌、白雪和走過來的卡爾警官，問道：「怎麼回事？我這是在哪裏？」

第二天早晨，陽光從窗外傾瀉進「校園三劍客」棲身的旅館。

「小開，你真的想不起昨天是怎麼遇救的嗎？」楊歌問躺在牀上的張小開。

「想不起來了。我只記得當時沉入水中之後，有什

麼柔軟的東西托住了我，然後，我就暈了過去。當我醒來時，你們就在我身邊了。」張小開絞盡腦汁回憶着。

「難道是被湖水沖到岸上的？」白雪說。

「我們落水的地方離出發的岸邊有二十多公里，不太可能是被湖水沖回來的，」楊歌搖搖頭說，「難道是被人救回來的？可據卡爾警官說昨晚湖上除了他的船隻，沒見着別的船。」

「這就怪了，難道是尼斯湖怪救了小開？」白雪道。

「尼斯湖怪？我倒是一點都想不起來了，」張小開眼睛一亮，說，「對了，昨天是什麼撞翻我們小船的，是尼斯湖怪嗎？」

「不，是一根中空的古赤松樹樹幹。」楊歌搖頭道。

「松樹樹幹？怎麼會呢？」張小開非常吃驚。

「這是完全可能的，」楊歌說道，「英國蘇格蘭一位名叫羅伯特·克雷格的退休電子工程師曾在一篇名叫《揭開尼斯湖怪物之謎》的論文中闡述過這個問題。他認為，所謂的『尼斯湖怪獸』，根本不是神秘的史前動

物，而是漂浮於湖面上的古赤松樹幹。這種古赤松樹幹自冰河時期結束以來就沉落湖底，部分被淤泥所覆蓋。在水深近300米的尼斯湖底，每立方厘米約有25公斤的壓力。巨大的壓力把包着樹幹的樹皮、軟木和形成的擠壓層擠壓得很緊。

「由於這種樹含有松脂，因此形成了一層很像膠合板那樣堅實的外皮，防水防腐。整個樹幹形成一個囊狀物，被每立方厘米25公斤的水壓緊緊地壓擠在一起。囊狀樹幹內產生一些氣體，由於樹幹外面水的反壓力的作用，這些氣體的壓力能達到相當大的程度。這些氣體的進一步膨脹會把松脂和焦油向外驅壓，這樣一來，這些松脂和焦油在樹幹外形成了一些凸出物，凸出物裏充滿了小氣泡，於是樹幹具有了浮力，從而使長久沉睡在湖底的古赤松樹幹浮到了湖面。昨天衝天而起的樹幹，就是氣體使然。」

「原來是這樣。」張小開點點頭說。

「可是，我仍然百思不得其解的是，昨天到底是誰救了你？是人還是怪獸？」楊歌沉思道。

「怎麼，你也相信有怪獸了？」張小開說。

「我只是懷疑。從我們落水的地方到岸上有二十多公里，你到底是怎樣獲救的呢？」楊歌問道。

「下一步我們該怎麼辦？還是這樣漫無目的地搜索嗎？」白雪問。

「也許我們該問問『神秘客』。」楊歌想了想說。

「是啊，他不是說過只要我們需要，可以調動飛機、潛艇甚至航空母艦嗎？要弄清尼斯湖怪獸之謎，守株待兔是不行的。」張小開一邊說一邊打開了手提電腦，並快速上網。這時，張小開才發現，「神秘客」昨天已經給他們發了一封電子郵件。郵件內容是：

寄件者：神秘客
收件者：張小開；楊歌；白雪
主　旨：尼斯湖怪國際科學調查團

　　明天上午，「尼斯湖怪國際科學調查團」將抵達尼斯湖，開始徹底清查及搜捕尼斯湖怪獸行動。去找最高指揮官史東少將，他和他的軍隊及考察團將全力協助你們的調查。

神秘客

第十二章　尼斯酒吧

「尼斯小鎮裏好熱鬧呀！」白雪感歎道。「校園三劍客」此時在尼斯小鎮的街上行走着，大街上人來人往，大大小小的攤位販賣着五顏六色的商品，其中熱賣的是印有尼斯湖怪，寫着「Nessie」的T恤，其次便是高倍數的望遠鏡及數碼相機。白雪發現，許多人像張小開一樣手裏拎着一部手提電腦。她有些奇怪地説：「咦，怎麼那麼多的人都帶着手提電腦？」

「這是因為科學考察團在尼斯湖考察期間，尼斯湖怪網站將開通網上直播系統。到時候，將有四台攝像機跟蹤拍攝，並即時在互聯網上發布攝像機拍攝到的真實畫面。用戶只需要下載由網站提供的瀏覽器播放插件，就可以看到由攝像機傳來的每兩秒鐘更新一次的最新尼斯湖水域真實影像。」

「原來是這樣。」白雪點點頭説。

他們繼續向前走。路上，他們還看見了許多戴着鋼

盔的警察以及背着攝像機的新聞記者。可以看出，國際科學考察團的到來對新聞界和尼斯湖怪獸迷們有着極大的吸引力。

「考察團還沒有到，我們先到酒吧裏坐一坐，等等他們吧。」楊歌指着前面的一家叫「怪獸俱樂部」的酒吧說道。

「好的，酒吧裏人多，消息也最靈通，也許能得到一些有用的信息。」張小開點點頭說。

於是，「校園三劍客」走進酒吧裏。他們發現，酒吧的牆壁上到處都貼滿了怪獸的畫，畫中的怪獸就如同「食人恐龍」一樣，呲牙咧嘴，面目猙獰。搖滾歌手戴着怪獸的面具，連他們所唱的歌都與怪獸有關，聲音非常詭異。再加上酒吧裏瞬息萬變的燈光，氣氛怪誕而恐怖。

三人找了一張離吧台很近的桌子坐下，要了三杯可樂。他們看到，這酒吧裏的所有飲料不是從普通飲料機裏出來的，而是來自一些長長脖子上低垂的小腦袋——那是一些裝有感應裝置的飲料機，只要把杯子送過去，感應裝置就能控制小小的「尼斯湖怪」腦袋，從裏面流

出可口的飲料來。

「校園三劍客」一邊喝着飲料，一邊聽着周圍人們的談話。一個看起來像本地人的老頭繪聲繪色地向人們描述着尼斯湖怪的樣子：

「我一生中曾有三次見過尼斯湖怪。牠有長長的脖子，細小腦袋，木桶那樣粗的腰身，四隻鰭就像四把槳，游動起來非常平穩和美麗。我相信尼斯湖怪是善良的，牠不可能對人進行任何攻擊，哪怕牠是肉食性的，我認為牠也不會攻擊人。」

另一邊的桌子上，幾個頭髮染色的年輕人正在熱烈地討論着尼斯湖怪的「商業價值」。其中一個瘦子說：「要是我能抓住尼斯湖怪，我一定要辦個環球展覽，肯定發大財！」

另外一個臉圓圓的大胖子說：「笨蛋！尼斯那麼大，辦展覽要花掉多少運費呀！依我看，還是將尼斯殺掉，光牠的肉就可以賣很多錢！」

……

「這些人，真是太殘忍了！」

張小開聽得火冒三丈，站起來要和他們理論。楊歌

一把拉住他説：「算了，他們只不過是説説而已。」

　　一張桌子邊一位胸前掛着十字架的神父聽見了那幾個年輕人的談話，連忙説道：

　　「主啊！請你寬恕這些無知的人吧！尼斯是天神之子是不容侵犯的。這些凡夫俗子總是想打尼斯的主意，這是冒犯天神的舉動，會遭天譴的！阿門。」

　　這時，酒吧裏突然進來了一個外形非常酷的青年。他穿着一件蛇皮一樣的緊身上衣，下身穿着一條好似由兩個麵粉袋組成的大肥褲子，頭髮染成「赤橙黃綠青藍紫」七種顏色，像孔雀一樣。只見他變魔術似的從口袋裏取出一堆照片，大聲嚷道：

　　「快來看，快來買，這裏有最新拍攝的尼斯怪獸的照片，非常清晰，絕對真實，一百元一張，大家快來買啊！」

　　這下酒吧裏可亂了套，大家圍住了那個時髦青年，紛紛索要照片觀看。張小開抑制不住心中的好奇，也擠過去觀看。他發現那些照片的確非常清晰，連怪獸的毛髮都看得清清楚楚。

　　「嘩，你是怎麼拍到的，這麼清晰？」張小開問

道。

那青年把嘴一撇，拍着張小開肩膀說：「小朋友，這我怎能告訴你，你知道了，我去哪發財呀？」

他的話雖然氣人，卻也不無道理。張小開毫不猶豫地掏錢買了一張，回到座位上，用微型掃描器將照片掃描到電腦中，然後打開「照片測試軟件」進行檢測，結果警報器「嘟嘟」作響，所得到的結論是：照片是用電腦合成的，也就是說偽造的！

「原來是假的，退錢！」張小開哇哇大叫，四處尋找那個兜售照片的傢伙。可是，那人早已溜之大吉，沒了蹤影，氣得張小開直跺腳。

就在這時，楊歌突然發現不遠處有兩個熟悉的身影。他再定睛一看，竟然是那天在飛機上遇到的卡龍巫師和小女巫貝蒂。他們和那天一樣，穿着奇裝異服，兩人低着頭，自顧自地喝着飲料。

「白雪、小開，你們看。」楊歌對白雪和張小開說道。

「看什麼？」白雪和張小開順着楊歌手指的方向看過去。奇怪的是，卡龍巫師和小女巫貝蒂坐的地方這時

空空如也——他們在一瞬間消失了。

「我看見了卡龍巫師和他的孫女。」楊歌說。

「可他們在哪兒呢？莫非是你眼花了？」張小開問道。

楊歌搖了搖頭，沉默了。他心裏在想：怎麼會呢？我剛才確實看見了他們，莫非他們真的會巫術，要不怎麼會在眨眼間就不見了呢？對了，我們來之前看的那篇報道說卡龍巫師將要用巫術來保衛尼斯湖，莫非這也是真的？

第十三章　來自中國的專家

全副武裝的軍人、滿載着科學儀器的軍車、乘坐着來自十五個國家的科學家的車隊、世界各國新聞媒體的轉播車……浩浩蕩蕩地開進了尼斯小鎮。在車隊的上方，還有五架軍用直升機跟隨着車隊。好奇的人們從商店裏、旅館中、住宅裏湧出來觀看，將街道擠得水洩不通。

車隊到達尼斯湖畔，行動敏捷的軍人們開始要求湖畔的遊人離開，拆除湖邊的帳篷，並用高音喇叭喊着：

「各位遊客請注意，我們是配合國際科學考察團調查行動的特種部隊，為了讓考察團更好地工作，也為了大家的安全，請迅速撤離湖畔！」

他們的行動引起遊人極大的不滿，遊人們大聲譴責軍隊。但胳膊最終擰不過大腿，手無寸鐵的人們面對着的可是全副武裝的軍人，所以遊人們都很快離開了湖畔。軍人們迅速地在尼斯湖畔用黃線拉出了警戒區，所

有參加這次行動的人在警戒區裏安營紮寨。

當地的環保組織及動物保護協會得知軍隊進駐尼斯湖之後，馬上通過電視、廣播和互聯網號召人們抗議軍隊和考察團破壞尼斯湖的生態環境。他們的抗議馬上得到了當地居民的極力贊同。人們自發地組織起了抗議隊伍，喊着口號，打着「調查團滾出去」、「反對破壞尼斯湖環境」、「抗議騷擾尼斯湖」等標語向軍隊示威。然而，終究因為對方有武器，他們都被軍人們攔在黃線之外。

一個多小時後，原本平靜的尼斯湖上，出現了一艘很大的科學考察船「宙斯號」和一艘圓頭圓腦的微型潛艇。考察船和潛艇是從大西洋的洛恩灣出發，順喀里多尼亞運河而下，穿越了洛奇湖、奧斯湖抵達尼斯湖的。接着，湖上又有了幾十隻橡皮艇和五、六艘小型輪船──這些都是由車隊運過來，又由軍人們以最快的速度組裝起來的。

這一刻，無數攝像機鏡頭都對準了指揮這次行動的最高指揮官──史東少將。尼斯湖網站的點擊率也達到了有史以來的最高水平。一個漂亮的女記者把話筒伸向

了史東將軍，問道：

「請問史東將軍，這次搜查行動將在什麼時候正式開始？」

史東將軍微笑着説：

「我們的部隊是有史以來效率最高的特種部隊，我們所有的準備工作都在這兩個小時內準備就緒了。我們在等待三位來自中國的專家。我出發前，我的上司曾命令我只有等這三位專家到了之後，調查行動才可以開始。軍人的天職就是服從命令。我們正在等待他們的出現⋯⋯」

「那三位專家的名字叫什麼？」

「他們的名字是楊歌、白雪和張小開，並稱為『三劍客』。」史東將軍説。

聽他這麼説，所有的人都翹首等待三位中國專家的出現。人們猜想這樣重量級的人物一定是白髮蒼蒼的科學院院士。

片刻之後，一個軍人跑過來對史東將軍説：「將軍，有三位名叫楊歌、白雪和張小開的先生和小姐要求見您。」

史東將軍迫不及待地說：「請，快請……」

懸念在即將解開之際變得格外吸引人，記者們全都把脖子伸得比平時長了一倍，高舉過頭頂的照相機也提前閃爍起了鎂光燈，所有的人都怕錯過重要人物出場的那一瞬間。

然而，當「校園三劍客」出現在人們視線中時，所有的人都感到了說不出的吃驚：這三個看起來乳臭未乾的中學生就是那三位地位十分重要的專家嗎？

人們有一種受騙的感覺。

當然，對此反應最強烈的人莫過於史東將軍，當他看見所謂的專家竟然是三個十幾歲的孩子時，不禁吃驚地說：「你們……你們就是『三劍客』？」

「是的，我們是『三劍客』，準確地說，是『校園三劍客』。」楊歌、白雪和張小開異口同聲地說。

當史東將軍確認眼前的這三個孩子就是他上司所說的來自中國的專家時，他既有些無奈又有些蠻橫地說：「好吧，既然我的上司已經給我下了命令，那我只好吸納你們作為這次行動的『科學顧問團』的成員。不過，我要提醒你們的是，我是這次行動的最高指揮官，我的

話才有最終決定權！明白嗎？」

　　三個人心裏都不喜歡這個傲慢無禮的傢伙，但是，為了完成解開尼斯湖怪之謎的任務，他們都強忍住內心裏的不快。三人彼此交換了一個眼神，白雪說：「好吧，我們同意。」

　　史東將軍微微點了一下頭，對他們說：「你們跟着來！」

　　「三劍客」跟隨史東登上了科學考察船。穿過甲板，四人進入了一條敞亮的走廊。史東的軍靴踩在地面上發出響亮而有節奏的聲音，回蕩在整個走廊裏。走廊的盡頭是三個金屬質地的雙扇大門。指揮官走向正中比較小的一扇，將自己胸前的徽章取下，在門旁的小屏幕上照了一下，於是中間的門開了。門口左右各站立着兩名身材高大魁梧而且配備着武器的士兵，他們見到最高指揮官，一起行禮。

　　史東將軍又把三人帶到一個不大的房間裏，一個金髮的年輕軍官看見了將軍，忙站起來行軍禮，他兩腳並立時，還磕出了響聲。

　　「少校，你給三個小鬼講講這船上的規矩。二十分

鐘後要開專家討論會，你帶他們到會議廳來。」

　　史東將軍説完，面無表情地出去了。他稱「三劍客」為「三個小鬼」，足見他心裏十分看不起「校園三劍客」。他所以接待他們，只是在履行自己的職責，例行公事。

第十四章　生物殺手

「進入軍艦的人員都要佩戴一枚徽章，它是你們在這個組織裏活動和出入各處的許可證。一定要好好保管，知道嗎？」年輕軍官交給「校園三劍客」一人一枚藍色的徽章，對他們説道。他的口氣很溫和，一點沒有把「校園三劍客」當小孩子來看。「三劍客」對年輕軍官的好感油然而生。年輕軍官告訴他們，他的名字叫麥克。

接着，麥克少校又把三個孩子帶到他們住的房間裏，給他們講了一下在船上應當注意的事情。之後，他就帶領「校園三劍客」來到了會議室。

在座的二十幾位專家全都用異樣的目光打量着「校園三劍客」。他們心裏都在想，這麼小的孩子也能參加這次任務真是不可思議。

「校園三劍客」沒有因為那些異樣的目光而發怵，

他們大大方方地坐了下來，張小開還煞有介事地打開了他的手提電腦。

史東少將走進會議室，他打着官腔說道：「我宣布『徹底清查及搜捕尼斯湖怪獸行動』從現在開始。各位都是各自領域的精英，能夠與各位共事，我深感榮幸。現在，請領導這次行動的首席科學家簡·薩德伯格先生給大家介紹情況……」

掌聲中，一位滿頭銀髮、戴着金絲邊眼鏡、衣着考究、看起來十分精幹的老人站了起來，向大家鞠躬致意。然後，他走到講台上，打開了手提電腦，大屏幕上放出了一張張尼斯湖怪的圖片。他開始向大家介紹歷年來搜索尼斯湖怪的情況：

「尼斯湖水怪可算是世界上最出名的怪物，近百年來自稱目睹尼斯湖水怪的人不計其數，而且不少是專家及知名人士，還有不少人把所謂的尼斯湖水怪拍攝下來。在*1975年6月*起的一連數個月，連續有多宗尼斯湖水怪出現的報告。因為尼斯湖水怪受到大家注意，所以有不少調查隊在尼斯湖進行過搜索，雖然以前的調查隊有完善的設備，但也未找到尼斯湖水怪。二十世紀八十年

代，一支英美聯合調查隊發現尼斯湖有一些大型的不明移動物體，體積比一般魚類大10至50倍，但也始終未能證明尼斯湖水怪確實存在。」

他頓了一下，接着說：「到了*1992年*，又有調查隊利用更先進、更精密的儀器，包括最新式的聲納儀及水底頻閃攝影器材尋找水怪。當時聲納儀斷斷續續發現了兩個大物體移動，同時攝影機把移動物體拍了下來，但由於水底非常渾濁，所以相片模糊不清。

「到了*1995年6月*，美國波士頓的調查隊配備更先進的攝影器材以及1992年曾配備的儀器再次到尼斯湖進行研究。這次聲納儀多次錄得主攝影機附近有巨大物體經過，但主攝影機卻拍不到清楚的照片，因為水底的泥沙被攪起來，以致湖水非常渾濁。這幾次的研究，始終未能確定尼斯湖水怪的存在。

「但根據眾多目擊者的描述，尼斯湖水怪就像是蛇頸龍——一種可能早在七千萬年前已經絕種的生物。蛇頸龍是生活在一億多年前到七千多萬年前的一種巨大的水生爬行動物，也是恐龍的遠親。牠有一條細長的脖子、橢圓形的身體和長長的尾巴，嘴裏長着利齒，以魚

類為食，是中生代海上的霸王。如果尼斯湖水怪真是蛇頸龍的話，那牠無疑是極為珍貴的殘存下來的史前動物，這一發現在動物學上也將佔有重要地位。

「要證明尼斯湖水怪的存在確實很難，一方面這怪物行蹤飄忽，另一方面尼斯湖湖底就有如一個大迷宮，有些地方水深近300米，湖水又渾濁，即使有怪物也不會輕易被發現，因為水中含有大量的泥沙，在水裏最多只能看到幾米外的東西。

「我曾經連續五年在這裏尋找『尼斯』，對於尼斯湖的水文狀況我很熟悉。人手是不成問題的，問題在於，在尼斯湖中搜索，僅有水底攝像機是不夠的，捕撈網、超聲波深度探測器、浮標聲納、沉浸聲納……都是不可缺少的裝備。現在，這些器材都已經運到了尼斯湖，我想這次搜索也許會比以前的搜索更有成效，也許這是二十一世紀的一次劃時代的大搜索，尼斯湖怪之謎將從此解開。」

薩德伯格先生慷慨激昂的話引來在座的專家一致的掌聲。接着，來自俄羅斯的科學家米高揚向大家介紹他設計的水怪捕捉方法：

「要捉到水怪，得先發現牠。我們的搜索將是立體式全方位的搜索。這次搜索，除了有直升機的配合外，還將使用五艘四人座微型潛艇……搜索範圍是三維的，將在海、陸、空全方位進行。我相信，別說搜索的是巨大的尼斯湖怪，就是要搜索一條魚，也不是困難的事情！」

米高揚的自信再次引起人們的掌聲。接着，另一位個子不高、戴着深度眼鏡、六十多歲的科學家走上台來，他是M國的科學家尼古拉斯。他用沙啞的聲音說道：「我認為米高揚的辦法未必能夠見效。」

台下馬上有人問：「何以見得？」

「米高揚的做法在此之前已經有許多探索者嘗試過，但都屢試屢敗。雖然我們這次考察比以前任何一次都擁有更多更先進的設備，但是基本方法沒有擺脫拉網式搜索的思路。我認為，要想捉到尼斯湖怪，就必須突破以往的思路，採取一種更為行之有效的方法。」

「什麼方法？」

「用藥。」

「用藥？」

「是的，」尼古拉斯説着從口袋裏取出一小瓶藍色的藥水，「各位請看，這是我經過多年研究發明的SCM1藥品。將它投入水中，可以使水中的氧氣濃度降低。如果尼斯湖中的氧氣變得稀薄，尼斯湖怪獸就將不得不浮出水面來呼吸氧氣。這樣，我們就可以手到擒來了。」

　　聽他這麼一説，白雪坐不住了，她義憤填膺地站起來説：「SCM1將是尼斯湖中所有生物的殺手。它不但會令尼斯湖怪嚴重缺氧窒息而死，也會殺死尼斯湖中所有的魚類和生物。」

　　楊歌和張小開也站起來説道：「絕對不能這樣做！」

　　其他科學家們也紛紛反對：

　　「是啊，它會給尼斯湖的生態帶來不堪設想的破壞。」

　　「這不是殺雞取卵嗎？」

　　「就是找不到尼斯湖怪，我們也不能這樣做！」

　　……

　　尼古拉斯見他的提議犯了眾怒，閉口不言了。這時，楊歌發現尼古拉斯與史東將軍交換了一下眼色。史

東將軍便從座位上站了起來，對白雪說：「小孩子家不要亂說話，你們懂什麼？」

張小開氣壞了，責問道：「你怎麼能這麼說話？我們也是顧問團成員啊！」

其他專家也紛紛說：「孩子們說得沒錯！」

史東將軍臉色有些尷尬。他看了看尼古拉斯，又看了看大家說：「好吧，我們把米高揚的方案列為第一方案，明天一早，我們就開始執行米高揚的第一方案。」

史東將軍的話讓「校園三劍客」都感到擔心：他說米高揚的方案是第一方案，那尼古拉斯的方案是否就是第二方案呢？是否第一方案不行的話就執行第二方案呢？

第十五章　尼斯湖大搜索

第二天上午九點，搜索行動準時開始。和昨天一樣，尼斯湖附近依舊是人山人海，大多數人都在期待着考察隊能抓到怪獸，好一飽眼福。

史東將軍雖然心底裏看不起「校園三劍客」，但因為上司有令在先，還是分配給了他們一個小實驗室。實驗室裏的儀器很多，電腦、聲納顯示系統、水底攝影監視器等一應俱全。

實驗室位於船尾。從實驗室的舷窗看出去，可以看見天空中有五架直升機在來回巡邏，它們通過微波裝置對尼斯湖進行搜索。水面上，二十幾艘裝有聲納設施的快艇在尼斯湖上一字排開，數十隻橡皮筏排成了隊列。在水下，有五艘微型潛艇隨船而行。在船隊的後面，一些拖網船緊跟着，一旦發現尼斯湖怪，拖網船就會撒下一張大鋼網，將怪獸牢牢地罩住。「宙斯號」的船尾也配有先進的游標聲納以及能探入一定深度的沉浸聲納。

直升機、潛艇和所有船隻上的探測器探測到的信息，最終都會通過無線網絡發送到「宙斯號」中心控制室的電腦，然後又通過網絡發到各小實驗室，即科學家們的電腦上。

船隊在狹長的尼斯湖湖面上緩緩地行進着。「校園三劍客」坐在各自的電腦前，注視着電腦屏幕上顯示出來的種種信息。在聲納屏幕上，隨着時間的推移，出現了不少細小的跡線，不過，牠們都不是尼斯湖怪，而是尼斯湖底成羣結隊的魚羣。

「這次搜索集中了全世界最尖端的技術力量，只要湖裏確實有怪獸，我想聲納系統一定會發現牠。」張小開說道。他的目光始終未離開電腦屏幕。

「可聲納系統只能發現移動的物體。如果怪獸沉在湖底不動，我們是不是就無法發現牠們呢？」楊歌問道。

「船上的科學家們已經考慮到了這一點，聽薩德伯格先生說，『宙斯號』的船腹裝有超聲波定位儀，對於龐大的物體，超聲波上會有所反應的。即使怪獸呆着不動，定位儀也會發現牠的確切位置。」

「説實在的，一直到現在，我還是不相信尼斯湖裏會有怪獸。要知道，恐龍早已在地球上滅絕了，尼斯湖怪如果是蛇頸龍的話，牠怎麼就會單單生活在這個湖裏，而且一直生生不息呢？」楊歌説道。

「不，還是有可能的，」白雪説道，「那天你和張小開爭論之後，我又把這個問題細細地想了一遍。其實，有些被認為已經在遠古滅絕了的動物，在現代仍然時有發現。例如我們國家的國寶大熊貓，十九世紀的生物學家們認為這是一種在地球上已經滅絕的動物。1869年，才有了首次發現大熊貓的正式記錄。但在隨後的半個多世紀裏，人們一直沒有找到過牠。直到1937年，人們捕捉到了世界上第一隻活的大熊貓，人們才相信熊貓仍然生活在這個星球上。

又比如原始的空棘魚類，過去人們只見過牠的化石，以為牠早在七千萬年前就滅絕了。到1983年，非洲東海岸漁民們捕到一條從未見過的魚，經過科學家們的研究認為，牠就是活到今天的空棘魚。又過了十四年，人們才捕到第二條空棘魚，迄今為止總共捉到八十多條。因此，只要條件合適，蛇頸龍生活在尼斯湖中仍然

是有可能的。」

「那尼斯湖豈不成了地球上最後一片適合怪獸生存的樂土了？」楊歌問道。

「其實，發現怪獸的地方並不只尼斯湖一處。例如加拿大的奧卡納江湖、我國西藏的文部湖、長白山的天池等地，都有怪獸出沒的報道。人們對這些地方發現的怪獸的描述，跟對尼斯湖怪獸的描述非常相近。另外，這些地方有一個共同特徵：環境幽靜、食物豐富、缺少天敵，蛇頸龍在這樣的環境裏是有可能倖存並繁衍至今的。」白雪說道。

「蛇頸龍也會生老病死。如果湖中確實有蛇頸龍的話，牠們死後屍體為什麼不浮出水面來呢？」楊歌依然有疑問。

「關於這一點，科學家們有種種解釋。有一種普遍的看法認為，尼斯湖的水溫低和酸性大，可以阻止屍體浮起，讓屍體自然下沉。要知道，尼斯湖是以其從不拋棄死物而聞名的。你也許還會問，為什麼潛水員下湖搜尋仍然一無所獲呢？這一點仍然有合理的解釋：尼斯湖是年代久遠的深水湖泊，幾千年來湖底蓄積了極厚的淤

積爛土，如果怪獸已預知自己的劫數，很可能會把自己深埋於廣闊湖底的一隅而不為人知。」

「怎麼？牠的智商已發展到那麼高了嗎？」

「這和智商沒有關係。動物死不見屍的例子其實很多。比如說野象，牠在預知自己死期將近時會默默地離開共同生活多年的叢林伙伴們，孤零零地悄悄走進莽莽蒼蒼的原始森林，找一處秘密墳窟，然後躺下來，安詳地等待死亡。尼斯湖怪獸同樣可能在湖底有自己的秘密墓地。」三人就這樣一邊討論着一邊監測電腦和聲納屏幕。兩個多小時過去了，搜索船隻大約行進了十分之一的湖面，怪獸依然杳無蹤跡。

「尼斯湖怪，快出來吧。」張小開在心裏默默地呼喚着。就在這時，外面傳來了喧嘩聲。「校園三劍客」跑出實驗室，想看看發生了什麼事。他們看見甲板上站着許多科學家，科學家們指着湖水大聲說：「你們怎麼能夠這樣？」

「這簡直是犯罪行為！」

「快住手吧！」

……

　　「校園三劍客」定睛一看，只見船上的軍人們正在一桶一桶地往湖裏倒深藍色的液體。再看看湖面：天哪，已經被軍人們傾倒的液體染成了藍灰色的湖面上，漂浮着無數肚子翻白的死魚。並且，隨着深藍色液體面積的擴大，有更多的死魚不斷地從湖中泛起。白雪失聲說道：「他們在往水中投SCM1藥品！」

　　楊歌的心也沉了下去：「昨天我就很擔心他們會亂來。這個擔心果然變成了現實。」

　　張小開一邊揮拳一邊跺着腳喊道：「卑鄙，真是太卑鄙了。」

　　人們一齊把怒火傾瀉向尼古拉斯。一個血氣方剛的中年科學家揪着尼古拉斯的衣領子質問道：「尼古拉斯，你必須給我們一個解釋！」

　　尼古拉斯掙脫開來，辯解道：「我也是為了找到尼斯湖怪啊。再說，這個方案是經過史東將軍同意的。」

　　這時，史東也出現在大家的面前。他大概已經料到了大家的反應，很無所謂地說：

　　「是的，這個方案是經過我批准的，這有什麼？我們的目標是尼斯湖怪獸！其他的事情不用管。」

「你們怎麼能夠這樣？快住手吧！」

「再不停止這樣的行為，我們不幹了！」

……

科學家們嚷嚷起來。

史東卻冷笑道：「我是這次行動的指揮官。我的任務是抓到尼斯湖怪。至於牠究竟是死是活，跟我的關係不大。接下去的工作不會太難，只要能抓到尼斯湖怪，或者讓牠的屍體漂起來，我就完成了使命。這並不複雜，我的士兵們完全可以勝任。各位幹不幹都沒有關係，請便吧！」

第十六章　電腦病毒

「**像**他們這樣做，就是找到了尼斯湖怪，又有什麼意義呢？」白雪說話的時候眼圈都紅了。

「是啊，我們必須想辦法阻止他們！」張小開義憤填膺地說。

「可是，我們能做什麼呢？」白雪無助地低下了頭。

「現在，也許只有小開可以阻止他們了。」楊歌想了想說。

「我……怎麼能夠阻止這些人？」張小開愕然。

「這裏所有船隻的電腦都互相聯網，是受『宙斯號』中心電腦控制室的電腦控制的，如果……」楊歌說道。

張小開的眼睛頓時亮了起來，打斷了楊歌的話：

「我明白了，你是說讓我編寫電腦病毒，用電腦病毒感染中心控制室的電腦，這樣，所有的船隻都會癱

瘓，成為一堆廢鐵。他們就沒有辦法繼續向尼斯湖裏投放SCM1藥品，尼斯湖的污染也就不會繼續擴大。」

「正是這樣！」楊歌點了點頭説。

「可是，這樣做好嗎？」白雪有些猶豫。

「為了保護尼斯湖的環境，犧牲幾艘軍艦還是值得的！」楊歌堅定地説。

白雪點了點頭，於是，三人離開了甲板，重新回到了實驗室。

張小開在電腦前編起了程式，楊歌和白雪當他的助手，在一邊協助他。

時間一分一秒地過去，病毒程式也在電腦天才張小開鍵盤的敲擊下一點一點地形成。

就在張小開的程式即將進入尾聲的時候，楊歌突然感到有什麼十分特別的思維波在衝擊他的大腦。他愣了一下，而那思維波對他大腦的衝擊卻更重了。隨後，他的腦海裏便出現這樣一幅畫面：

無邊的大海上空，不計其數的翼龍在藍天下御風而行。

海面上，許許多多的蛇頸龍伸出牠們蛇頭一般的腦袋，在晃動着、嬉戲着。

而成千上萬的外表跟海豚頗為相似的魚龍破水而出，在空中划了一道道美麗的弧線之後又重新入水，濺起了朵朵浪花。

一切都是如此的安詳、靜謐和迷人。

突然，天空一下子變暗了，烏雲密布。隨後，便是道道閃電。在一片閃光中，無數流星隕石從天而降，雨點般落向遠方的陸地和無邊無際的大海。

海上的動物們頓時一片驚慌，紛紛潛入水下。有些來不及逃跑的動物被巨大的流星隕石擊中，身體頓時被洞穿，鮮血四濺。

世界陷入了惶恐之中。

⋯⋯

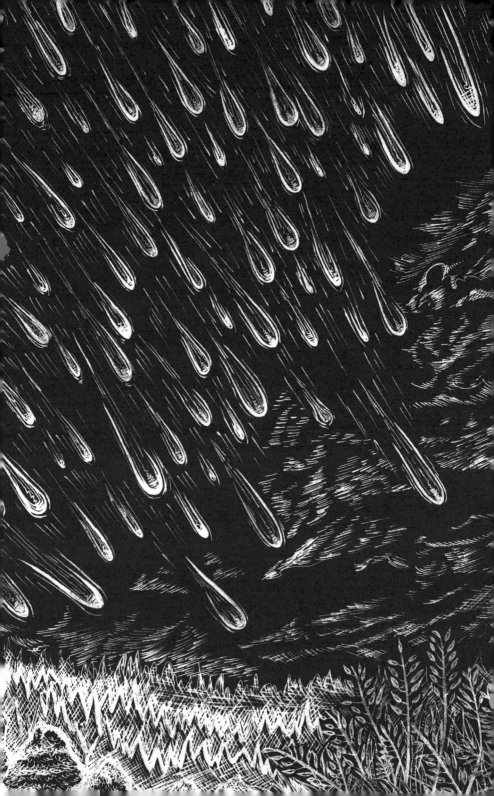

　　楊歌完完全全地被腦中的畫面震撼了。這個思維波是從哪裏來的呢？是人還是動物的思維波呢？它為什麼有如此清晰的史前記憶……毫無疑問，這種思維波只能是由一種腦海中或者基因裏依然留存着極深的創傷記憶的動物發出來的，而這種動物，只能是恐龍，是他們正在尋找的尼斯湖怪──蛇頸龍發出來的！而且，牠很可能就在附近，突如其來的災難──湖水污染激發了牠潛意識中、由牠的祖先傳下來的對遠古災難的記憶。

　　就在楊歌陷入冥想之中的時候，一個詫異的聲音在他們耳邊響起：「咦，你們在幹什麼？」

　　楊歌的思想馬上回到了現實。他抬頭一看，是軍官麥克。他剛從外面進來，正用吃驚的目光注視着張小開的電腦屏幕。

　　白雪和張小開頓時也愣住了。他們沒想到麥克會突然出現在他們面前。看得出麥克對電腦也很在行，他的眼神分明洩露出他已知道張小開編的程式是幹什麼的。

　　「麥克叔叔，我們……」

　　張小開從椅子上站起來，訥訥地説。

　　麥克的表情一下子變得木訥起來。他搖了搖頭，對

101

三個孩子説：「我對電腦一竅不通，我什麼都沒看見，你們工作時應當把門關好。」

他説着便轉身走出了小實驗室，並從外面替「校園三劍客」將門關好。

「麥克會去告訴史東嗎？」張小開有點擔心地問。

已經完全回到現實之中的楊歌把手放在張小開的肩頭上，説：

「憑直覺，我相信他不會。另外，他最後説的那句話分明是提醒我們要小心點，不要讓別人發現了。」

「難道麥克叔叔也看不慣史東的做法？」白雪説。

「也許吧，剛才我……」楊歌説。他想把剛才腦中突然出現的思維波告訴白雪和張小開，但他猶豫了一下，只是説：「張小開，動作再快一點。病毒早一分鐘擴散，尼斯湖就早一分鐘從可怕的災難中解脱出來。」

「説的也是……」張小開點點頭，繼續埋頭編程式。

五分鐘後，張小開的病毒程式終於編完。他往電腦裏敲入了執行命令，威力強大的病毒便通過網絡快速地

瀰漫開來。

「大功告成了！」張小開擦了一把汗，又伸了伸懶腰。

這時，白雪突然指着搜索儀的屏幕喊道：「你們快看！」

楊歌和張小開也把目光轉向搜索儀的屏幕，他們看見，搜索儀上出現了一個鈕扣般大的亮點，它在屏幕上飛快地移動着。「校園三劍客」異口同聲地喊道：「尼斯湖怪！」

然而就在這時，外面傳來了喧嘩的聲音，人們嚷嚷着：「電腦裏怎麼會有病毒？」

「機器失去控制了。」

「怎麼回事？」

……

是張小開編寫的病毒爆發了。此時，尼斯湖上所有的艦船、潛艇都陷入了癱瘓之中。天上的直升機也在打轉，尋找就近的地方緊急迫降。而指揮這次行動的史東將軍更是在甲板上暴跳如雷，吼叫着：「誰幹的？究竟是誰幹的？」

第十七章　水底搜索

由於電腦病毒的原因，搜索行動不得不臨時中止。科學家們聯起手來清理電腦病毒。但是，他們能做到的只是讓艦船恢復正常運作，卻無法拯救那些用來搜索尼斯湖怪的儀器——天才的張小開讓所有的聲納設施和搜索儀器受到了最致命的感染和破壞，使它們成為真正的廢銅爛鐵。

在當晚全體科學家的會議上，史東將軍不得不向所有人宣布這次行動的失敗，並打算第二天就撤離尼斯湖。

會議開完之後，「校園三劍客」來到了尼斯湖邊，白天投放的SCM1藥品依然瀰漫着十分難聞的味道。聽着尼斯湖水輕輕拍打石岸的聲音，孩子們討論開了。

張小開説：「白天我們從儀器上看到的那個亮點是尼斯湖怪的蹤跡嗎？」

不等白雪回答，楊歌便搶先説道：「我認為肯定

是。」

白雪有些詫異地說：「楊歌，你不是一直不相信尼斯湖怪存在的嗎？現在怎麼又那麼肯定了呢？」

楊歌望着波濤起伏的湖面，有些激動地說：「因為在電腦病毒爆發的前幾分鐘，我感受到了牠的思維波……」

於是，楊歌將他當時腦海裏出現的畫面詳細地告訴了白雪和張小開。

「這麼說，尼斯湖裏的確是有怪獸存在的。」白雪也有些激動不安。

「可是軍隊和考察團明天就要撤了，我們好不容易發現了尼斯湖怪獸的蛛絲馬跡，卻要放棄，是不是有些可惜？」張小開說。

「我想明天我們可以向史東申請一艘小型潛艇，自己到尼斯湖裏去搜索。」楊歌說。

「好主意。」白雪和張小開也點頭贊同。

第二天早晨，當正在滿頭大汗地指揮軍隊撤離的史東將軍聽到「校園三劍客」說要跟他借一艘潛艇時，以

為自己聽錯了，問道：「小鬼，你們在説什麼？」

張小開大聲説：「我們想要一艘潛艇，請你借給我們。」

史東將軍臉上的神情一開始有些不屑，他大概在想：十五個國家的上百名科學家加在一起都沒能破解尼斯湖怪之謎，你們這三個小鬼真是不自量力。但是，他的眼珠子在眼眶裏滴溜溜轉了一圈之後，突然十分痛快地説：「好吧。我們先撤。那艘叫『鸚鵡螺』號的小潛艇歸你們使用。另外，我再派我的助手麥克少校為你們駕駛潛艇。」

「校園三劍客」面面相覷。他們原以為史東會説出一大堆的理由來搪塞和阻止他們，他們要費一番唇舌之後才能説服史東，真沒想到史東竟然如此爽快地答應了他們。另外，讓麥克駕駛潛艇，也正中「校園三劍客」的心意。

這天上午天空中雲很少，太陽明晃晃地照着尼斯湖。這樣的天氣在尼斯湖一年也難得有幾次，似乎連太陽也為軍隊撤離尼斯湖感到由衷的高興。

　　麥克少校帶「校園三劍客」登上了「鸚鵡螺」號潛艇。在麥克少校的駕駛下，「鸚鵡螺」號沉入到水中，開始在尼斯湖水底進行大搜索。

　　正如資料裏所説，尼斯湖裏的水，泥多又渾濁，能見度很差。張小開發現，「鸚鵡螺」號在水下的行動基本上都靠聲納系統。他有些奇怪地問：「麥克叔叔，這裏的聲納系統怎麼沒事兒？」

　　麥克回頭笑着説：「潛艇裏的聲納系統也壞了。現在用的聲納系統是我實驗室裏的，我把它安到了這裏。」

張小開更奇怪了：「那你的聲納系統怎麼就沒事呢？」

麥克笑得更大聲了：「昨天，在病毒爆發前，我就把聲納系統從網上斷了開來。呵呵，小開，難道你真的以為我不懂電腦嗎？」

張小開的臉頓時紅了起來，說道：「那你為什麼不報告你的上司史東呢？」

麥克的神情變得嚴肅起來，說道：「因為，我和你們一樣，也是環境保護者。」

潛艇在湖中搜索了兩個多小時，聲納系統的監測裝置依然不見怪獸的蹤影。

「難道我們會無功而返嗎？」張小開有些洩氣地說。

「到昨天發現怪獸蹤跡的地方去看看。」楊歌說。

於是，麥克把潛艇開到了昨天艦船全部癱瘓的地方。仍然沒有怪獸的蹤跡。

「尼斯湖怪啊尼斯湖怪，你到底在哪裏，要是能夠把你叫出來該有多好啊！」張小開都有些急不可耐了。

　　白雪突然眼睛一亮，抓住張小開的手問道：「小開，你剛才説什麼？」

　　「我説要是能把怪獸叫出來該多好，怎麼啦？」張小開奇怪地問。

　　「對，把牠叫出來。」白雪點頭説。

　　「怎麼叫？我跟牠又不是親戚，牠會聽我的嗎？」張小開奇怪地問。

　　「你不是從網上下載過尼斯湖怪的叫聲嗎？如果那真的是尼斯湖怪的叫聲，我們把它播放出來，或許能夠把尼斯湖怪召喚出來。」白雪説。

　　「唉呀，你真是太聰明了，我怎麼就沒有想到這一招呢？」張小開拍着腦袋説。麥克和楊歌也讚許地點頭。

　　麥克説：「這一招肯定管用。你們這三個孩子果然不同一般，是名副其實的『校園三劍客』。」

　　隨後，張小開把從尼斯湖網站上下載的尼斯湖怪的叫聲文件從電腦裏調了出來。他還用電腦作了分析，分清哪些叫聲是「歡樂的」，哪些叫聲是「憂傷的」，哪些叫聲充滿了期待……最後，他通過播放器在水下播放

尼斯湖怪獸的叫聲。

「嗚嗚嗚——」

在人類聽來頗有些悲愴的呼叫聲在水下傳播着。一分鐘過去了⋯⋯兩分鐘過去了⋯⋯十分鐘過去了，水下卻沒有任何動靜。

「難道，這些叫聲不是尼斯湖怪的叫聲？」張小開又有些坐不住了。

然而，就在這時，那個曾經衝擊楊歌大腦的思維波再次出現。此時，楊歌的腦海中出現了一幅畫面：

在有些渾濁的湖水中，一隻蛇頸龍媽媽聽見了小蛇頸龍的呼叫聲，心急火燎地在湖中游動着，希望快點找到牠的小寶寶⋯⋯

「牠，離我們越來越近了。」楊歌目光迷離地說道。

麥克望了一眼楊歌，有些奇怪地問：「你怎麼知道？」

這時，白雪和張小開爆發出高興的喊聲：「看啊，

牠在聲納裝置裏出現了！」

　　果然，在屏幕上，一個鈕扣般大的亮點正朝潛艇的方向飛快地游來。

　　楊歌已經感到，尼斯湖怪獸離他們的距離大概不超過二十幾米遠。然而，由於尼斯湖水的渾濁，雖然怪獸已經很近了，他們仍然無法透過舷窗看見牠，而只能感到因為牠的到來湖水發生的震動。

　　「怎麼辦？」張小開焦急地問。

　　「把探照燈打開，或許能夠看見牠。」麥克説着便伸手去按潛艇探照燈的控制開關。

　　就在這時，楊歌腦中突然有個不祥的感覺：他隱隱覺得，怪獸似乎怕光，尤其是探照燈這樣的強光。於是，他喊道：

　　「等一等。」

　　然而，已經來不及了。

　　麥克已經按下了潛艇探照燈的控制開關，兩束強光洞穿了渾濁的湖水，射向前方。在這一瞬間，麥克和孩子們都看見了怪獸巨大的、與蛇非常相似的頭顱。

　　也正是在這一刻，楊歌的擔心變成了現實：眼睛正好被探照燈的光直射的怪獸發怒了，牠擺動着巨大的頭顱，晃動着更為碩大的身軀，拍打着四片形狀像船槳、又大又長的足鰭，氣勢洶洶地朝潛艇撞了過來。牠的叫聲非常尖利，震耳欲聾。

　　潛艇周圍的水流劇烈地晃動起來。看着怪獸快速進攻的情形，麥克急忙操縱潛艇躲閃。然而，怪獸的速度非常之快，不等潛艇避開，牠沉重的身體便撞在潛艇上了。

　　潛艇的警報器立刻發出了刺耳的警報聲。電腦屏幕顯示：潛艇的升降裝置和氧氣裝置被破壞。也就是說潛艇被撞壞了，像掉進水裏的鵝卵石一樣落向水底，沒法浮出水面。而氧氣此時也正在飛快地洩漏，渾濁的湖水正從撞壞的地方灌進來。

　　「快……快離開潛艇……浮出水面……」

　　麥克的呼吸十分困難，他卡着脖子，指着掛在牆上的救生衣喊道。「校園三劍客」也都跌跌撞撞地向救生衣走去。然而，沒等四人拿到救生衣，他們就很快因為潛艇缺氧，窒息得昏厥過去。

第十八章　湖底洞穴

當楊歌蘇醒過來的時候，他發現自己躺在一個很大的洞穴裏。張小開、白雪和麥克少校就在他身邊，仍然昏睡着。洞穴壁上有電燈，將洞穴照得亮如白畫。洞穴裏，還有許多儀器和電腦，看起來像個科學實驗室。

楊歌坐起來，推醒了另外三個人，問道：「我們這是在哪裏啊？」

張小開揉揉眼睛，向四周看看，撓撓腦袋説：「不知道。」

「是誰救了我們？」白雪也不明所以。

「我只記得潛艇被尼斯湖怪撞擊後出現了故障，氧氣飛快地洩漏，我想去拿救生衣，但沒走兩步就什麼都不知道了。」麥克少校説。

「是誰救了我們？」張小開納悶地説，「難道是尼斯湖怪救了我們？」

「不是尼斯湖怪，是我們！」

洞穴外面傳來了聲音。「校園三劍客」和麥克少校循聲望去，從洞穴口走進來三個人。

「卡龍巫師？貝蒂？威利？」白雪吃驚地説。她和楊歌、張小開都沒想到在這樣的洞穴裏會遇見卡龍巫師、貝蒂和劫機犯威利。

「難道，世界上真的有巫術？你用巫術救了我們？」張小開吃驚地問。

「不，世界上沒有巫術，我也不是什麼巫師。我的真名叫科林。」卡龍巫師一邊説話一邊摘下了他的墨鏡。令白雪和張小開吃驚的是，他有一雙明亮的眼睛！

「你不是盲人！」張小開脱口而出。

「這是什麼地方？你們到底是什麼人？」楊歌警覺地問，並將身體擋在科林和白雪、張小開之間。

「你們放心好了，這裏是尼斯湖湖底的洞穴，我的科學實驗室，很安全。」科林説道。

「湖底洞穴？實驗室？」張小開奇怪地問。

「是的，我在這裏建造實驗室，一是不想讓世人發現，打擾我的研究；二是為了隨時隨地地保衛尼斯湖怪獸。」

　　「我想起來了，我在軍校當研究生時，曾聽我的導師説過一位非常著名的科學家名字也叫科林，不過，很多年前不知道什麼原因失蹤了。」麥克少校插話道。

　　「是的，我就是研究生物和時空的科林教授，準確地説，是個研究恐龍和『時間旅行』已達幾十年的學者，」科林教授點點頭説，「十年前，我來到這個地方，發現了這裏真的有尼斯湖怪，我當時的心情是根本無法用言語來描述的。自從我發現了尼斯，我就在這裏定居下來。為了不讓媒體來打擾我的研究，我有意隱姓埋名，斷絕了和所有同行及朋友的聯繫。我決定和尼斯在一起，直到我生命的完結！後來我認識了貝蒂，通過交往和了解，我知道她也見過尼斯湖怪，於是我們成為了朋友和戰友──為保衞尼斯湖怪而戰的戰友！」

　　他和貝蒂彼此相視一笑。

　　「為了保衞尼斯湖怪而戰？」張小開重複着。

　　「是的，保衞尼斯湖怪！一開始讓我決定留下的原因只是我要在這裏研究尼斯湖怪，了解尼斯湖怪的生活習性，就像其他科學家對待他們的研究對象一樣。尼斯對我只是具有研究價值，説得難聽一點，是利用價值。

可是後來貝蒂使我認識到自己錯了，如果我不能從心裏為尼斯着想，我將永遠不能真正了解尼斯，永遠不能完成我的事業！研究生物的人要有善良而細緻的心，把他所研究的對象當成他的朋友、他的家人一樣對待，傾聽牠們內心的渴望與要求，只有這樣才能真正和牠們溝通，真正了解牠們，也才能真正完成自己的事業！」

「校園三劍客」和麥克仔細地傾聽着，很受感動，尤其是白雪，更加認真地品味着科林教授的話。科林教授接着說：「尼斯湖怪是友好的。牠從不傷害人類，還經常救助那些不慎落水的人們⋯⋯」

張小開突然想起了什麼，打斷了科林教授的話，問道：「那天我落水之後是尼斯湖怪救我的嗎？」

科林教授點點頭說：「是的，就是尼斯湖怪。」

張小開大受感動：「真沒想到，在我見到尼斯湖怪之前，牠已經是我的救命恩人了。」

「是啊，尼斯湖怪是我們人類的朋友。可是，我們人類卻將牠視為獵奇對象和賺錢工具。自從1934年倫敦醫生威爾遜拍下尼斯湖怪的第一張照片之後，人們就趨之若鶩地到尼斯湖來尋找怪獸，尼斯湖的平靜從此

就被打破了。雖然曾經有過幾次尼斯湖大搜索都沒有找到尼斯湖怪獸，但是，隨着科技的進步，怪獸遲早是要被人類發現和捕獲的。我不想讓尼斯湖怪獸家族遭受滅頂之災，所以，就在這個湖底秘密建造了這個科學實驗室……」

「等等，您說尼斯湖怪家族。難道尼斯湖底的怪獸真的不是一隻，而是一個種羣？」白雪問道。

「是的，如果只是一隻怪獸，是不可能延續數千萬年在尼斯湖中生存下來的。牠必須是一個種羣。我發現牠們時，牠們的總數有二十幾隻。」科林教授說，「尼斯湖怪獸家族只需要平靜的生活。然而，今年從年初開始就被媒體大力鼓吹的國際科學考察團搜捕尼斯湖怪的行動，以及航空公司尼斯湖專線的開通都表明，怪獸寧靜生活的日子將一去不復返了。於是，我假借傳說中一位大巫師卡龍的名字在媒體上發表聲明，要挑戰所有的科學家，以圖阻止這次搜捕行動……」

科林教授說到這裏，楊歌突然想起了什麼，打斷了他：「這麼說，那天的劫機事件也是你一手安排與策劃的？目的也是為了阻止人們到尼斯湖來？」

一直沉默着的威利開口了：「不，這件事本來與科林教授和貝蒂沒有關係，是我一手策劃的。」

「你？」「校園三劍客」把目光轉向了威利。

「是的，確實是威利。我和威利原本素不相識。可是，我從近年的各種科學雜誌上讀過他的科學論文，也通過互聯網聽過他的演講。我感覺他雖然年輕，卻是個很有才華，將來在科學上會大有作為的年輕人。我很器重他。可是，當我通過網絡監測裝置偶然發現他竟然聯合黑社會策劃一場劫機行動時，我就為他擔心起來。他這種以暴制暴的做法，動機雖然是好的，卻是錯誤而幼稚的。我想他即使不落入警察之手，也遲早會被黑社會所害，於是，我決定營救他。我和貝蒂提前到了中國，並乘上了那趟飛機。後來發生的事情，你們已經知道了。」

威利慚愧地低下了頭：「我的想法實在是太幼稚了。要不是科林教授相救，我現在不是死在黑社會的槍下，就是被關進了監獄裏。這件事情給了我很深的教訓。」

「可你們是怎麼在眾目睽睽下消失的？」張小開好

奇地問。

「另外，當時黑社會的暴徒朝我開槍時，我感覺時間停止了，而你們卻行動自如，這是怎麼回事？」楊歌問道。

「那是因為我使用了我不久前剛剛發明出來的時間機器。」科林教授說。

「時間機器？」麥克少校對此也充滿了濃厚的興趣。

「是的，時間機器。」科林教授點頭說，「自從我意識到尼斯湖怪是我的朋友之後，我就萌生了一個想法：為了讓尼斯湖怪能夠過上真正屬於牠們的生活，我決定製造一件時間機器，用時間機器把牠們送回遠古，送回他們真正的家園。一個月前，我的發明終於完成了！那天在飛機上我是第一次使用時間機器。不過，我只動用了它的時間停止功能，而沒有用它的時間穿梭功能。威利被我營救之後，就當了我的助手。我們對時間機器進行檢測時發現它的時間穿梭功能有一些小缺陷。於是，我們抓緊時間完善這些小缺陷。昨天，軍隊大規模搜捕尼斯湖怪獸時，我們可真捏了一把汗。幸虧後來

不知道什麼原因，所有的船隻和飛機突然出現故障，停止了搜捕……」

「這可都是這三個孩子的功勞啊！」麥克少校指着「校園三劍客」説道。接着，他把昨天「校園三劍客」編寫病毒程式使軍隊的飛機、艦船癱瘓的經過告訴了科林教授。科林教授讚許地點了點頭，接着説：「多虧你們為我贏得了時間。現在，我們正在對時間機器進行最後的檢測。如果沒有問題，到天亮的時候，我們就可以把機器組裝好，並把尼斯湖裏的二十幾隻怪獸全部送回七千萬年前。」

「太好了，這樣的話，人類就再也不能干擾尼斯湖怪獸的生活了。對了，尼斯湖怪獸到底是一種什麼樣的怪獸呢？是恐龍的後裔嗎？」白雪問道。

「是的，尼斯湖怪獸正是遠古蛇頸龍的後裔。你們想不想再去看看牠？」科林教授説。

「可以嗎？我們可以看嗎？」白雪問道。

「當然可以，來吧。」

科林教授打開洞穴的一扇小門，「校園三劍客」、麥克跟隨他和貝蒂進入門中，又穿過一個長長的走廊，

來到另一個更大的洞穴裏。這個洞穴裏有個小小的湖，湖水拍打岩壁的聲音悅耳動聽。

「尼斯湖怪在哪裏？」張小開東張西望。

「貝蒂，把牠們叫出來。」科林教授說。

貝蒂點點頭，把手攏在嘴邊，呼喚着：

「呦——呦——」

隨着她的呼喚，平靜的湖面波動起來，在「嘩嘩」的水聲中，一個個巨大的、像蛇一樣的腦袋破水而出，令「校園三劍客」和麥克少校目瞪口呆。當怪獸們將五、六米長，半米粗的脖子伸出水面時，給人的感覺就像一小片樹幹會不斷地抖動的森林。而牠們露出水面的背脊，看起來就像一座座浮動的島嶼。

「你們瞧，那隻個頭最大的是這裏所有怪獸的母親。那隻最小的怪獸只有三個月大，身體卻比成年大象還要大許多……這個湖底洞穴和外面的尼斯湖是相通的。怪獸們通常在尼斯湖中覓食，在這個洞穴裏休息。因為牠們總是躲在這個地下洞穴裏，所以，人們即使用聲納系統，也很難找到牠們……所有尼斯湖怪獸的基因裏，都保留着遠古對災難的記憶。所以，牠們很怕閃

光。剛才你們突然打開探照燈，強烈的光把怪獸媽媽嚇壞了，所以牠才攻擊你們的潛艇。不過，牠現在看起來平靜多了。」科林教授説道。

「真對不起，我不是故意的。」麥克少校充滿歉意地説。接着，他又看了看腕上的錶説：「現在天快要亮了，我想我們最好先回到岸上，不然史東將軍會生疑的。」

「好吧！」楊歌和白雪點點頭説道。

「唉，我真想留下來看教授是怎樣把怪獸送回遠古的。」張小開望着生龍活虎的怪獸戀戀不捨地説。

「別擔心，我們還會見面的。等我們把怪獸送回侏羅紀之後，我會請你們『校園三劍客』一起去做一次前往侏羅紀的時間之旅。」科林教授微笑着説。

「太棒了！」「校園三劍客」高興得歡呼雀躍。

「不過，你們回到岸上之後，一定要對你們看到的一切保密啊！」科林教授又叮囑道。

「校園三劍客」和麥克都點了點頭。麥克代表大家握着科林教授的手堅定地説：「放心吧，我們會保密的。」

第十九章　捕捉尼斯湖怪獸

麥克修好了潛艇後，駕駛着潛艇和「校園三劍客」一起離開湖底洞穴，浮出了水面。這時，黎明將至，層雲後面的月亮光輝已經減弱，月色下的尼斯湖朦朦朧朧，湖面上飄浮着一片薄薄的銀霧，四下靜悄悄的，美麗且富有詩意。

潛艇停在了尼斯湖岸邊。張小開迫不及待地推開潛艇的艙門，他深深地吸了一大口氣，説道：「好了，終於又回到了岸上！空氣真清新！」他轉向身後的白雪和楊歌，「剛才潛艇出事時，我還以為我再也見不到月亮了呢！」

他的話音剛落，一束刺眼的白光突然橫掃過來，將張小開一行人籠罩在光圈中。此刻，空中傳來了直升機機翼轉動的巨大噪音，幾架直升機在空中盤旋着，用探照燈將湖面照得如白天一般。地面上也傳來汽車馬達的轟鳴聲和軍隊開來時士兵們整齊的步伐聲。

麥克、「校園三劍客」都被眼前的一切驚呆了，這是怎麼回事？

不到十分鐘，四人就被一羣全副武裝的軍人團團包圍了。

「嘀嘀……」

隨着一聲喇叭響，全副武裝的軍隊自動讓出了一條道，一輛黑色的小汽車從外面開了過來，徑直在他們四人面前停住。車門開了，史東將軍挪着他肥胖的身體從車裏走了出來。

「哈哈，孩子們，你們幹得不錯！」史東將軍皮笑肉不笑地向「校園三劍客」豎起了大拇指，「我要向上級報告，授予你們勳章，以表彰你們在這次捕獲尼斯湖怪的行動中所作出的貢獻。」

他哈哈笑着走過來，想要摸摸張小開的頭以示親近。楊歌和白雪面面相覷：難道史東已經知道他們找到尼斯湖怪了？

張小開扭身躲開了史東的胖手，裝作莫名其妙地說：「你說什麼呀？尼斯湖怪？哪有什麼怪物呀，開玩笑，那是騙人的！」

「哈哈，小傢伙，你們就別瞞着我了，我什麼都知道！」史東將軍狡猾地眨了眨眼説。

這時，楊歌從史東的思維波中，隱隱約約感覺到了一絲不祥的預兆。

「不信，你自己去找呀！」張小開故意這麼説。他心想：就算他們知道尼斯湖裏有怪獸，科林教授的湖底洞穴是很隱秘的，沒有人帶路，他就是把湖水抽乾了也找不到。這麼一想，他心裏就坦然了。

「大搜索行動馬上開始，這回尼斯湖怪絕對逃不出我的手心。」史東將軍一副穩操勝券的樣子。他接着又説：「這還得感謝你們呀，要不是你們，我怎麼可能知道尼斯湖怪的老巢？看來微型攝像機還真管用。」

「什麼？微型攝像機？」

張小開、白雪、楊歌大吃一驚，難道，難道他在他們身上放了微型攝像機？可是，不太可能呀！三個孩子面面相覷。

這時，麥克的目光落在了「校園三劍客」和自己胸前的藍色徽章上，他拍着腦袋説：「該死。我忘了把這徽章給取下來了。」

張小開奇怪地問：「這徽章怎麼啦？」

麥克懊悔萬分地說：「這個徽章其實是一台小型的微型攝像機，它會把所攝到的影像隨時發送到接收它信息的電腦裏。史東將軍要求每個人都戴着它，就是為了監視每位考察人員的一舉一動……怪我，都怪我。」

「說得沒錯，這些徽章可是我國諜報部門的最新發明，它能在水下上萬米的地方進行拍攝，還能在黑暗中拍攝，並且能放出微波信號傳送到我們的衛星裝置中。你們剛才所經歷的一切，我都已在屏幕上看得清清楚楚。麥克少校，你也算立了一個大功啊！」史東將軍得意洋洋地說。

「史東，你真是隻老狐狸。你之所以那麼痛快地把潛艇借給我們，就是想利用我們找到尼斯湖怪獸。你真是太卑鄙了！」楊歌憤怒地摘下胸前的藍色徽章，狠狠地摔在地上。白雪和張小開也把徽章扔進了湖中，他們的心中同樣充滿了憤怒，眼睛幾乎要冒出火來。

「好了，孩子們，我要趕在那位科林教授之前捕捉到尼斯湖怪，讓全世界的人都知道是我，史東，率領科學考察隊抓捕到了尼斯湖怪，我的名字將永留青史。」

「不，將軍，不要！」一直沉默不語的白雪突然衝了上去，拽住將軍的衣角熱切地説，「不要把尼斯湖怪帶走，這裏是牠的家，牠自由自在的，不要打擾牠！求求你了，將軍！」

白雪的聲音有些嗚咽了，兩行眼淚從她的眼角緩緩溢出。

「哦！我的小姑娘，這是不可能的！」史東將軍面不改色，並大聲向下屬下達了命令：

「捕捉尼斯湖怪的行動現在開始！」

天已大亮，和平時一樣，太陽躲在雲層後面，看上去像個圓形的水漬。麥克坐在岸邊，充滿懊悔地用手捂着臉，「校園三劍客」迎風而立，心裏沉甸甸的。

尼斯湖上一片喧囂，「宙斯號」和快艇在湖面上氣勢洶洶地馳行着，激起了大股大股的浪花。直升機在天空中盤旋着。岸上的士兵們嚴陣以待，他們的槍中都裝了麻醉彈，就等一聲令下了。

「校園三劍客」心如刀絞，他們在心裏祈求着科林教授快快修好他的時間機器，把怪獸們全部送走。

艦船行駛到科林教授湖底實驗室的上方，潛水艇開始了水底搜索。

　　「全體將士注意，準備好麻醉槍，等尼斯湖怪浮上水面，立刻開槍！」

　　史東將軍在「宙斯號」的主控制室裏對着麥克風歇斯底里地喊着，他的面容因為激動而充血扭曲，看上去很是恐怖。

　　這就是人類，打着「研究」、「探險」的旗號，仰仗自己那些高於低級生物的智慧，硬生生地要為了自己的利益去剝奪別的生物生存的權利，完全不顧那些生物也是「地球公民」。

　　「校園三劍客」和麥克的心都提到了嗓子眼上，他們此刻都希望天上真的有樂於助人、善心的神靈，能伸手幫尼斯湖怪獸一把。

「嘩——」

　　水面上，突然冒出了一個巨大的蛇頭——尼斯湖怪獸的腦袋。牠回頭望了一眼追捕牠的艦船，十分低沉地叫了一聲，然後快速向遠處游去。

　　「校園三劍客」和麥克的心都沉了下去。

「好像是怪獸媽媽！」白雪説。

「我明白了，牠之所以冒出水面，是想吸引人們的注意力，保護牠的孩子。」楊歌説。

「我們應該想辦法救救牠。」張小開焦急地説。

然而，此時，他們沒有任何辦法，他們只能眼睜睜地看着尼斯湖怪獸落入史東他們的魔爪。

二十幾艘快艇追到了怪獸的前方，拖網船也緊緊地跟隨上來，尼斯湖怪獸此時是前無進路，後有追兵。

「嗚——」尼斯湖怪獸叫了起來，牠的吼聲充滿了淒涼和哀怨，令人心碎。

「各就各位，準備開火！」看到尼斯湖怪那巨大的身軀，史東將軍大喜過望，他大聲地下着命令：「一、二、三，開火！」

頓時，數百發麻醉彈一齊射向了可憐的尼斯湖怪，牠被打痛了，受到驚嚇，盲目地衝向「宙斯號」，眼看就要撞上去。

一隊拖網船飛速駛來，他們用拖着的巨大結實的鋼絲網，把尼斯湖怪牢牢纏住。牠徒勞地掙扎着，激起

了陣陣水花。很快，藥性發作，尼斯湖怪慢慢地，不動了，像死了一般，任憑拖網船把牠朝岸邊拖去。

「好，直升機準備吊繩！」史東將軍命令道。

馬上，盤旋在空中的直升機聚成一個圓圈，從每個飛機的機艙裏都垂下一根帶鈎的長繩，直到水面。尼斯湖裏的蛙人們立刻將鐵鈎掛在纏在尼斯湖怪身上的網上。

一點點地，尼斯湖怪那龐大的身軀露出了水面。人們終於見到了牠的真面目：全身的肌膚光滑黝黑，腦袋就像蛇頭，脖子很長，曲線優美，身體極不協調地胖成了橢圓形，圓鼓鼓的肚皮像半個球扣在上面，身下是四片形狀像船槳般又大又長的足鰭。

　　這時候，岸邊的一輛集裝箱車已經準備就緒，隨着一聲巨響，尼斯湖怪被安放在集裝箱車後面的恆溫箱裏，牠巨大的身軀擠滿了恆溫箱。恆溫箱上方的蓋子在電腦的控制下徐徐蓋上之後，集裝箱車便開足了馬力，載着牠沉重的身軀，向遠方駛去。

　　「不，我們一定要把尼斯湖怪獸救出來！」望着集裝箱車和怪獸遠去的身影，「校園三劍客」的心中充滿了痛苦，他們把手握在了一起，暗下決心。

　　「也算上我一份吧。」麥克少校真誠地把手伸向了孩子們。他覺得這一切都是自己的過失，他想彌補過失。

　　四雙手緊緊地握在了一起。

第二十章　拯救尼斯湖怪

當晚，尼斯湖怪在軍隊的護送下被帶到了離尼斯湖很近的海濱城市——A市的皇家科學研究所。為了讓全世界都知道自己是捕獲尼斯湖怪的功臣，史東將軍迫不及待地安排了一場記者招待會。

會上，史東將軍趾高氣揚，彷彿他剛剛打完一場足以彪炳青史的大勝仗勝利歸來。

「尊敬的將軍，聽說貴國的總統給您發來了賀電，即將授予您五星上將的榮譽！您對此有什麼看法？」一位英國記者向史東將軍提問。

「哈哈，那是無上的光榮呀！」史東將軍樂壞了，「當然我還得感謝這尼斯湖的怪獸，沒有牠，我怎麼能有今天的榮譽？看來我得敬牠一杯！」為了表示他的幽默，他轉過身去，故意朝身後裝在鐵籠子裏的尼斯湖怪舉起了酒杯。

記者們馬上舉起相機捕捉這一瞬間，「咔嚓」聲不

絕於耳，閃光燈閃爍不停。隨後這些照片將隨着報道飛向世界各地。

「嗷嗚——」

尼斯湖怪被閃光燈耀眼的燈光嚇壞了，牠驚恐地瞪大了眼睛，不安地搖晃着尾巴，吼叫着，直直地向前衝，想要突破鐵籠衝出來。人羣被牠的舉動嚇着了，發出陣陣尖叫。

史東將軍抬手示意大家安靜，只見他微笑着拿出一個小小的控制器，對着鐵籠輕輕一按，鐵柵欄馬上開始閃爍着微微的藍光。尼斯湖怪碰上去，便被強烈的電流擊中，痛叫一聲，痙攣着縮到角落不敢再動。

「大家不用怕，我們設計了一流的安全設施，只要牠靠近鐵柵欄，電流就能把牠擊暈！」史東將軍大聲宣布道。

「不許你傷害牠！」突然，「校園三劍客」從人羣中站了出來。

「哦！原來是你們！」史東將軍眼珠一轉。他笑嘻嘻地迎上來，「孩子們，我會記得向上級給你們請功的！」

「我們才不稀罕呢！」張小開氣呼呼地説，「我們要你趕快把尼斯湖怪放回尼斯湖！」

「那可不行，」史東將軍瞇着眼睛説道，「我不但不會把牠放回湖裏，還要把湖裏其他的怪獸通通抓起來，送給科研所研究。我，史東將軍，是有史以來捕捉到尼斯湖怪獸的第一人啊！」

「你……你太卑鄙了！」

張小開氣得頭髮根根豎起，他想衝過去給史東一頓拳頭，可是被楊歌一把拉住了：「小開，別衝動，我們走！」

記者招待會開完之後，尼斯湖怪獸被轉移到一間由士兵們嚴密守衞的、裝有許多先進設備的房子裏。

「他們看得這麼緊，我們連接近怪獸的機會都沒有，怎麼救牠？」張小開看着那些荷槍實彈的士兵，焦急地説。

「校園三劍客」此時正和麥克少校坐在研究所外面的一輛軍用吉普車裏。麥克很自信地説：「別擔心，我好歹是個少校，又是他們眼裏發現尼斯湖怪獸的『功臣』，我有自由出入研究所的權利。」他一邊説着，一

邊把車開了過去。

　　守衞在門邊的士兵攔住了他們的車。麥克將證件給他們看了之後，便被放行了。

　　因為有麥克，「校園三劍客」很順利地通過了士兵們的盤查，來到關押尼斯湖怪獸的小房子裏。

　　怪獸此時蜷縮在籠子裏，細長的脖子直直地立着，目不轉睛地注視看房子小窗戶外的明月，眼角似乎還有淚水。牠在想什麼？想自己的孩子？想尼斯湖？還是在想自己的未來？

看着怪獸可憐的樣子，白雪的眼淚忍不住順着臉頰流了下來。她走到了籠子邊，輕輕地對牠説：「別擔心，我們救你來了。」

楊歌也催促張小開説：「小開，快動手吧！」

張小開點點頭説：「沒問題，這個籠子是由一側的電腦鎖控制的，我只要把電腦鎖的密碼解開，就可以打開電腦鎖……」

他説着打開了自己的手提電腦，用導線將它與鐵籠子的電腦鎖相連，並啟動了他以前編制的一個破解密碼的程式。

時間一分一秒地過去，五、六分鐘過去了，張小開仍然沒能破解電腦鎖的密碼。楊歌有些急了，小聲地催促道：「小開，你能不能快點？時間越長，尼斯湖怪就越危險！」

張小開也很着急，他面紅耳赤地説道：「只有你在乎尼斯湖怪嗎？你要着急就自己弄好了！」

「好了，楊歌，小開也很着急的，可能是程式太複雜了，是不是？」白雪在一邊輕輕地説。

張小開感激地看她一眼。確實，這把電腦鎖的密碼

非常複雜，它共由七個複雜的程式控制，每個程式都帶有九個以上字符的口令，算下來，數字和字母的組合加在一起，相當於成千上萬個排列組合，即使是號稱電腦天才的張小開，要破解它的密碼，也不得不多費一點功夫。

又過了一分鐘，電腦鎖終於傳來清脆的鈴聲，它終於打開了，鐵籠子的門在電腦的控制下徐徐上升。這輕輕的一聲響，在張小開耳朵裏，比世界上任何作曲家的傑作都要美妙得多，他擦了一把汗，笑了。

「尼斯湖怪獸，快出來吧！」「校園三劍客」輕輕地呼喚道。

然而，尼斯湖怪卻依然蔫蔫地蜷縮着，一動不動。牠打量四人的目光充滿了警惕，喉嚨裏發出的低啞的「嗚嗚」聲也充滿了威脅。

在牠眼裏，站在面前的四個人跟史東他們沒有任何區別。牠不知道他們是來救牠的，牠想他們或許只是要把牠從一個地方換到另一個地方。

看到這情形，張小開急躁地進到籠子裏，走到怪獸身邊，一邊朝牠招手一邊説：「快出來吧，不然來不及

了！」

「嗚——」尼斯湖怪並不領情，牠突然仰起頭，張開大嘴，露出雪白鋒利的牙齒。牠惱怒地用尾巴用力拍打着地面，不讓張小開靠近。

「嗚——」張小開模仿着牠的低吼，慢慢地挪動腳步，要去推牠。尼斯湖怪迷惑地望着張小開，牠不明白，眼前的這個小人為什麼會發出和牠一樣的吼叫。趁着牠分神的機會，張小開藉機走到離牠很近的地方，用手推牠的身子，喊道：「走，快走啊！」

然而，尼斯湖怪卻不領情，牠惱怒地甩着尾巴向張小開打了過來。張小開嚇得一哆嗦，摔倒在地上，粗壯有力的尾巴從他的腦袋上掠過。尼斯湖怪又朝張小開瞪起了眼，張小開從地上爬起來，一邊後退一邊説：「真是狗咬呂洞賓，不識好人心。我沒辦法了。」

張小開悻悻地從鐵籠子裏出來。他看了看白雪，説：「這樣不是辦法！白雪，你對生物有研究，快想辦法和牠交流一下，告訴牠，我們是來幫助牠的！」

「可是，我也不知道怎麼和牠交流呀！」白雪為難地説，她也覺得手足無措。

「交流？」忽然，楊歌腦中靈光一閃，「讓我來試試吧，那天搜捕尼斯湖怪獸時，我曾經接收過牠的思維波。」

「對了，我們怎麼忘了你的超能力！」張小開樂得拍起了巴掌，「快點用你的思維波呀！」

楊歌走到尼斯湖怪面前，仰起頭靜靜地注視着牠的眼睛。一旁，白雪、張小開、麥克緊張地看着。

楊歌的思維波進入了尼斯湖怪的大腦，他感覺到牠被嚇着了，牠的思維波狂亂地跳躍着，斷斷續續，混亂極了。牠感到危險，感到慌張，更感到無邊的恐懼。楊歌想方設法用自己的思維波和牠的思維波進行交流，安撫牠。

「你好，尼斯湖怪！」

楊歌注視着怪獸的眼睛，腦中反覆地想着這麼一句話。他的思維波，此時也在強行闖入怪獸的大腦中。

終於，怪獸昂起了頭，用不解的目光望着楊歌。楊歌的大腦收到了尼斯湖怪獸的一句問話：「你是誰？你們要幹什麼？」

楊歌的心怦怦直跳，終於成功了！他按捺住內心的喜悅，想道：「我們是朋友！我們是來幫助你的！」

　　尼斯湖怪想：「我怕，我怕……」

　　楊歌再次安慰牠：「相信我，我們是來幫助你的！」

　　尼斯湖怪的目光漸漸變得友好起來：「我要回家！」

　　楊歌答道：「跟我們走，我們帶你回家，回家！」

　　尼斯湖怪定定地注視着楊歌，楊歌坦然地面對牠的目光。

　　奇跡出現了！尼斯湖怪慢慢地朝楊歌探出腦袋。牠伸出長長的紅舌頭，用舌尖親昵地舔着楊歌的臉和手，還不停地發出溫和的「嗚嗚」聲。楊歌試探地走過去，撫摸牠的身軀，牠竟然溫順地垂下腦袋，任由楊歌撫摸着。那情景簡直是太奇妙了，一個身軀龐大的怪物居然像一隻寵物小狗一樣聽話。

　　「啊！有人把電腦鎖打開了！」突然，一個士兵的腦袋探了進來，大驚失色地喊，「快來人呀！」

　　頓時，周圍警報聲大作，全副武裝的士兵們開始從

大門湧了進來，朝這裏包抄過來。

「快走，不然來不及了！」張小開着急地喊道。

眼看尼斯湖怪和他們就要被包圍了，楊歌撫摸着尼斯湖怪的腦袋想：「和我們走吧！」

尼斯湖怪點點頭：「嗯，好的，我和你們回家！」

尼斯湖怪緩緩地垂下頭，把牠那長長的頸極力向地面挨去。牠四肢微屈，從頸到牠的背形成了一個滑梯似的角度。楊歌接收到牠的腦電波：「你們到我背上來吧！我背你們跑！」

楊歌驚喜地對白雪和張小開說：「尼斯湖怪要背着我們跑呢！」

「嘩！太棒了！」張小開興奮得忘乎所以，第一個爬上了尼斯湖怪那寬大的背。楊歌、白雪和麥克也依次爬了上去。這時，士兵們越來越多了，將出口完完全全地給堵住了。

「衝！」楊歌用思維波對尼斯湖怪說道，尼斯湖怪便開始大步地朝前奔去。張小開一個沒注意，差點沒從怪獸的背上滾落下去，幸虧楊歌把他拉住了。他吐了吐舌頭，拍着胸口說：「好險呀！」

「大家坐穩了，尼斯湖怪就要開始跑了！」楊歌大聲喊道。他的話音未落，尼斯湖怪就以意想不到的速度飛快地朝大門衝去。猝不及防的士兵們連忙閃開了一條道，尼斯湖怪載着四人一下子衝進外面的夜色裏。

　　一個士兵朝尼斯湖怪舉起了槍，但馬上被他的上司給喝住了：「不能開槍，牠上面還有人。緊緊地跟着牠！」

　　尼斯湖怪載着四人飛快地向前跑，牠那肥大的身軀穿梭在大大小小的街道上，遠比牠看起來要敏捷得多。

　　「天哪，那是什麼？」街上一輛小轎車裏的女人指着前方疾馳而來的怪獸，對她的丈夫大聲喊道。她那正專心開車的大夫定睛一看，頓時目瞪口呆：怪獸！電影《哥斯拉》裏怪獸在街上奔跑的一幕竟然變成了現實！

　　怪獸離他們只有二十幾米遠了，向前開很可能會被牠踩扁，掉頭也來不及了，怎麼辦？

　　「上帝保佑！」現在，只能聽天由命了，丈夫祈禱着。幾秒鐘之後，巨大的黑影向他們籠罩過來。萬幸的是，那個黑影從小轎車的頂上越過，並沒有給它帶來任

何傷害。

夫妻兩個都癱軟在座椅上。

無數的軍車朝他們氣勢洶洶地開過來，從他們的車旁飛馳而過。

前方就是大海。

尼斯湖怪興奮地打着響鼻，牠嗅到了海水那獨有的淡淡的腥氣和澀澀的鹹味，大海已經不遠了……牠加快腳步，向着大海，向着自由奔去！

海邊，兩艘軍艦和幾隊摩托艇靜靜地泊在海面上，直升機在天空中盤旋着，它的光柱像舞台上的追光一樣緊緊罩住並跟隨着尼斯湖怪獸。持槍的軍人們在海邊列隊而立，擋住了尼斯湖怪的去路。史東將軍此時也已趕到，他站在隊伍的前面，舉着望遠鏡眺望着。他得知尼斯湖怪出逃後，便立刻調兵遣將，對怪獸圍追堵截。

尼斯湖怪漸漸跑近了，看到大批的軍隊，牠無奈地嗚咽着，在原地打着轉，不敢過去。

「尼斯湖怪，往回跑，快！」

楊歌用思維波告訴怪獸。可是已經來不及了，他們

的身後，大批的武裝軍隊堵住了去路，就這樣，他們又一次陷入了重重包圍之中。

「嗚——」尼斯湖怪晃動着腦袋，牠的神情極其悲哀。牠扭動着身軀，極力想從包圍圈中找到一個出口。已經離海不遠了，甚至都能聽見海水抽打着沙灘的聲音，可是人類卻再次阻斷了牠的自由之路。

包圍圈一點點地縮小了，史東將軍向他們走來，臉上帶着輕蔑的笑。孩子們的心提到了嗓子眼兒。就在這時，空中突然響起了奇怪的音樂聲：「叮叮噹，叮叮噹，鈴兒響叮噹！」

與此同時，楊歌他們感到眼前一陣閃光。隨後，有兩個人在白光中出現，站在了怪獸和軍隊之間。大家定睛一看，竟然是一位白鬍子「聖誕老人」和一個鬼靈精怪的「小女巫」。聖誕老人穿着漂亮的、鑲着白色毛邊的大紅外套，前頭翹起的小紅皮靴擦得亮亮的，鬈曲的白鬍子一直垂到胸前，長長的白眉毛，通紅的大圓鼻子，咧着的嘴看起來非常滑稽。而小女巫呢，手中拿着一根光滑的魔法棒，光着腳丫，穿着肥大的黑袍，戴着尖尖的帽子，臉上掛着一絲淘氣的微笑。

　　史東將軍望着空中突然出現的人，大驚失色。他狂叫道：

　　「你們是誰？要幹什麼？」

　　但聖誕老人和小女巫都沒有理會史東將軍的問話。小女巫笑瞇瞇地説：「爺爺，我們帶尼斯湖怪回家吧！」

　　「好孩子，就這麼辦！」聖誕老人摸摸她的頭，親熱地回答。他們自顧自地説着話，好像沒有看見史東將軍一夥似的。

　　「你們究竟是什麼人？尼斯湖怪是我抓到的，任何人都休想帶走牠！」史東將軍瘋狂地揮舞着雙手，叫喊着。這時，小女巫晃了晃她手中的那根魔法棒，魔法棒迸射出閃光，閃光過後，尼斯湖怪、怪獸背上的四個人、小女巫、聖誕老人都蒸發了：全都在眾目睽睽下消失得無影無蹤。

第二十一章　送恐龍回家

當大家從五光十色的時間隧道裏出來的時候，他們發現自己置身於史前時代：這裏的天空沒有受到任何的污染，乾淨得像透明的藍水晶；一條白練般的河流從遠方低矮的小山上蜿蜒而來，儘管水很深，仍然清澈得可以看見河裏的鵝卵石和小魚。

這裏的樹木非常繁茂，到處是銀杏、針葉林、帶荊棘的灌木叢和長勢茂盛的野草。燦爛的陽光從天空中潑灑下來，照得人身上暖烘烘的。各種各樣原來只有在畫冊上看過的恐龍在這世外桃源般的地方生活着，一切欣欣向榮。

「這……這是什麼地方？」張小開四處張望着，訥訥地説。

「這裏是侏羅紀，距離我們那個時代有好幾千萬年。這裏才是怪獸的家園。」科林教授脱去了他身上聖誕老人的服裝説道。原來，是他和貝蒂用時間機器——

就是貝蒂手中的魔法棒，救了怪獸和他們四個人。

「科林教授、貝蒂……」遠處傳來呼喚聲。大家扭頭一看，只見威利朝這邊跑了過來。他的身後，跟着二十幾隻大大小小的蛇頸龍。他跑到教授面前，激動地說：「教授，這些蛇頸龍到了這裏以後，沒有任何陌生感，看來，牠們完全適合在這裏生活。」

「太好了，我原來還擔心牠們會不適應幾千萬年前的環境呢。」科林教授也很高興。

那些蛇頸龍看見了牠們的媽媽，全都興高采烈，一齊圍了上去，跟牠們的媽媽親熱着，叫個不停。那種場面，不管是誰，看了都會深受感動。楊歌感慨萬分地說：「從現在起，再也不會有人來打擾牠們了。」

「是啊！」科林教授點了點頭，「那天，當史東的部隊搜捕怪獸的時候，怪獸媽媽為了保護自己的孩子，隻身浮出水面，把搜捕的船隻引走了。多虧牠這樣做，我們才贏得了時間。在怪獸媽媽被捕一個小時後，我們的時間機器才完全檢測完。我們趕緊把這些小傢伙送到了這裏。我想，牠們當時一定以為再也見不到牠們的媽媽了，所以再見到媽媽時才會這麼高興。」

147

「走，我們帶蛇頸龍們到牠們的新家去。」威利說。

「校園三劍客」和麥克都很興奮，大家和恐龍們越過了一座小小的山崗，一個蔚藍的湖泊便如畫一般在眾人面前鋪展開來：這個湖泊位於山谷中，山上的一股泉

水跌落在湖面上，形成了一個瀑布，發出巨大的聲響。鳥類的祖先始祖鳥和翼龍在湖面上飛翔着，發出「嘎嘎」聲。湖裏一羣蛇頸龍正在游水嬉戲。看到這些情景，怪獸媽媽和牠的孩子們都發出激動的「嗚嗚」的叫聲。

「嗚嗚嗚——」湖裏的蛇頸龍也鳴叫起來，牠們對新來的朋友非常友好。

怪獸媽媽猶豫了一下，便領着小怪獸們朝湖水走過去，湖裏的蛇頸龍一陣騷動，牠們都從水下探出頭來，高抬着線條優美的頸，用肥大的肚皮歡迎似的拍打着水花，迎接新朋友的到來。

「看來，牠們真是找到家了！」麥克少校感歎道。

「在這裏，沒有人會傷害牠們了！」白雪望着在水中嬉戲的羣龍説，「看，牠們多快樂！」

「我們的任務完成了，該走了！」科林教授説。

就在大家轉身準備離去時，「嘩啦！」湖面上突然激起了一片巨大的水浪，一隻小怪獸像箭一般分開水面，朝這邊游來。

「嗚——」牠銜着一個白白的東西，搖頭擺尾地走近「校園三劍客」，然後低下頭，把那白白的尖尖的東西放在他們腳下。

楊歌奇怪地問：「這是什麼？」

白雪將那東西抱了起來，看了看説：「這好像是小怪獸的乳牙？」

　　科林教授點點頭説：「牠是蛇頸龍的乳牙。乳牙的脱落標誌着這隻蛇頸龍長大了。牠大概是把它當禮物送給你們！」

　　「太好了！謝謝你，小怪獸。我們會永遠記住你的。」聽了科林教授的話，張小開十分感動地撫摸着怪獸的腦袋説道。

　　小怪獸的眼睛眨了眨，大概，牠對「校園三劍客」即將離去也感到戀戀不捨。

　　「史東將軍，我希望你能對尼斯湖怪神秘失蹤一事作出合理的解釋！」在A國最高軍事部門的辦公室裏，A國總統一臉嚴峻地注視着史東將軍説道。

　　「總統先生，我，我已經説過了，是，是聖誕老人和小女巫把他們統統帶走的！」他一邊擦着汗，一邊結結巴巴地説。

　　「夠了，史東將軍，你以為我是三歲的孩子嗎？你叫我怎麼去相信你的女巫和聖誕老人，這簡直太荒謬了。今天不是愚人節，請不要開這樣的玩笑！」總統生氣地説，「我已經受夠了你的胡言亂語。」

「我發誓，我真的看到了聖誕老人和女巫，您一定要相信我呀，總統先生！我真的看到了！」史東將軍汗如雨下。

總統嚴肅地說：

「是嗎，你要我向全世界宣布，尼斯湖怪是被聖誕老人帶走的嗎？你一定是瘋了！史東將軍，我想你需要休息一段時間。從明天開始，你就開始休假吧！無限休假！」

「不，不，總統先生，我發誓我說的是真話，」史東將軍大聲叫道，「不信，您可以問我的部下！」

「我想你是瘋了，我問過了，他們說什麼也沒看見！」總統不耐煩地說。

「不可能，這不可能……哈哈……」史東將軍狂笑着，手舞足蹈。現在，他確實是瘋了。

「警衛，把他帶下去！」總統吩咐道，史東將軍被帶下去了。

「知道嗎？真的有聖誕老人，哈哈，小女巫，我真的看到了！」一路上，他神秘地對警衛嘟嚷着，他回想着那天的情景，依然百思不得其解。

　　第二天，A國幾乎大大小小的，每一種報紙上都用醒目的字體登出了一則消息：

　　發現尼斯湖怪乃是本世紀最大的騙局，大騙子史東引咎辭職……

尼斯湖水怪之謎

尼斯湖水怪，是地球上最神秘也最吸引人的謎團之一。

尼斯湖位於英國蘇格蘭高原北部的大峽谷中，湖長約36公里，最寬處約2.7公里。面積不大，卻很深，平均深度達132米，最深處接近300米。該湖終年不凍，兩岸陡峭，樹林茂密。湖北端有河流與北海相通。

發現尼斯湖水怪的歷史

565年 這是關於尼斯湖水怪的最早記錄。愛爾蘭傳教士聖哥倫伯和他的僕人在湖中游泳時，突然受到不明水怪的攻擊，幸好僕人最後游回岸上。從此之後，有關水怪出現的消息超過一萬多條。不過人們並不相信，認為這不過是古代傳說或無稽之談而已。

1934年4月 倫敦醫生威爾遜途經尼斯湖，見到有水怪在湖中游動。他立即拍下了水怪的照片。照片雖然有點模糊，但仍顯示了水怪的特徵：長長的脖子和扁小的頭部，

看上去很像早在七千多萬年前滅絕的巨大爬行動物蛇頸龍。

1960年4月23日　英國航空工程師丁斯德在尼斯湖拍了十幾米長的影片，從影片中可明顯地看到有一個黑色長頸的巨型生物游過尼斯湖。至此，一些原來不相信有尼斯湖怪的科學家改變了看法。英國皇家空軍聯合空中偵察情報中心分析了丁斯德的影片後，得出「那東西大概是生物」的結論。

1972年8月　美國波士頓一間學院的考察隊利用水底攝影機和聲納儀，在尼斯湖底拍下一些照片，當中有一幅見到一個約兩米長的菱形鰭狀肢附在一個巨大的生物體上。同時，聲納儀也發現了巨大物體在湖中移動的情況。

1975年6月　該學院再次派考察隊到尼斯湖，拍下了更多的照片。當中一幅顯示了一個長長脖子的巨大身軀，還有該物體的兩個粗短的鰭狀肢。從照片上估計，該生物長6.5米，其中頭頸長2.7米，很像一隻蛇頸龍。另一幅照片則拍攝到水怪的頭部，經過電腦放大，可以看到水怪頭上短短的觸角和張大的嘴。科學家們研究分析後一致認為：「尼斯湖中確實有一種大型的未知水生動物」。

1972年和1975年的發現使人以為揭開水怪之謎或捕獲活的蛇頸龍已指日可待。遺憾的是，後來英、美聯合組織一個大型考察隊，派出二十四艘考察船排成一字長蛇陣在尼斯湖上拉網式地駛過，以期將水怪一舉捕獲，但除了只錄下一些聲納資料之外，一無所獲。

否定水怪存在的觀點

　　追捕水怪的行動失敗後，持否定意見的觀點又盛行起來了。一位電子工程師在英國《新科學家》雜誌上發表文章說：尼斯湖水怪並不是動物，而是古代的松樹。他的理據是：一萬多年前，尼斯湖附近長著許多松樹。由於冰川期結束時湖水上漲，令許多松樹沉入湖底。水的壓力令樹幹內的樹脂排到表面，而由此產生的氣體則排不出來。於是這些松樹有時就會浮上水面，但它們在水面上釋放出一些氣體後又會沉入水底。這在遠處的人們看來，就像是水怪的頭頸和身體了。

　　不過，這個觀點無法使人信服，尤其是那些聲稱親眼目睹了水怪的人。而且在二十世紀七十年代後期，又有人幾次拍下了水怪的照片。

為什麼人們至今還不能捕獲水怪呢？

　　這是因為尼斯湖特殊的地質構造。尼斯湖的湖水中含有大量泥炭，它令湖水非常渾濁。湖底地形複雜，到處都是曲曲折折好像迷宮一樣的深谷溝壑，即使是體形巨大的水生動物，也很容易靜靜地在此藏身，從而可避過電子儀器的偵察。湖中魚類繁多，水怪不需外出覓食，而該湖又與大海相通，水怪出入方便。因此，要捕獲水怪，並不容易。

世界之謎科幻小說系列 **3**

拯救尼斯湖怪

作　　者：楊鵬
內文插圖：Pokimon Lo
叢書策劃：甄艷慈
責任編輯：周詩韵
美術設計：李成宇
出　　版：山邊出版社有限公司
　　　　　香港英皇道499號北角工業大廈18樓
　　　　　電話：(852) 2138 7998
　　　　　傳真：(852) 2597 4003
　　　　　網址：http://www.sunya.com.hk
　　　　　電郵：marketing@sunya.com.hk
發　　行：香港聯合書刊物流有限公司
　　　　　香港新界大埔汀麗路36號中華商務印刷大廈3字樓
　　　　　電話：(852) 2150 2100
　　　　　傳真：(852) 2407 3062
　　　　　電郵：info@suplogistics.com.hk
印　　刷：中華商務彩色印刷有限公司
　　　　　香港新界大埔汀麗路36號
版　　次：二○一六年二月初版
　　　　　10 9 8 7 6 5 4 3 2 1
版權所有‧不准翻印

ISBN: 978-962-923-426-3
© 2016 SUNBEAM Publications (HK) Ltd.
18/F, North Point Industrial Building, 499 King's Road, Hong Kong
Published and printed in Hong Kong